努力，是为遇见更好的自己

读者杂志社 编

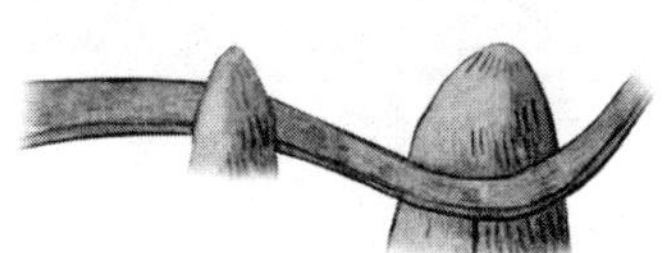

時代文藝出版社

图书在版编目（CIP）数据

努力，是为遇见更好的自己 / 读者杂志社编．—长春：时代文艺出版社，2018.1

ISBN 978-7-5387-5561-9

Ⅰ．①努… Ⅱ．①读… Ⅲ．①故事－作品集－世界 Ⅳ．①I14

中国版本图书馆CIP数据核字（2017）第240592号

出 品 人　陈　琛
产品总监　郭力家
出版监制　刘　峰
产品经理　裴向敏
责任编辑　付　娜
装帧设计　荆棘设计
排版制作　张　月

努力，是为遇见更好的自己

读者杂志社 编

出版发行 / 时代文艺出版社
地址 / 长春市泰来街1825号　时代文艺出版社　邮编 / 130011
总编办 / 0431-86012927　发行部 / 0431-86012957　北京开发部 / 010-63108163
官方微博 / weibo.com / tlapress　天猫旗舰店 / sdwycbsgf.tmall.com
印刷 / 北京嘉业印刷厂
开本 / 710mm × 1000mm　1 / 16　字数 / 178千字　印张 / 16
版次 / 2018年1月第1版　印次 / 2018年2月第2次印刷　定价 / 38.00元

图书如有印装错误　请寄回印厂调换

人生如路，须在荒凉中走出繁华的风景来。

终点线只是一个记号而已，其实并没有什么意义，关键是这一路你是如何跑的。人生也是如此。

若是盯着别人蛋糕上的樱桃多么鲜嫩、巧克力多么诱人，而忘了自己尚未涂抹的奶油，慢慢等着蛋糕过期，那是件多么令人惋惜的事情。

爱，从来都不是谁焐热了谁，而是彼此温暖、彼此成全。

青春的奢侈，便在于能有足够清澈的心情，用七百多个夜晚去写一封饱含深情的信，给一个并不属于将来的人。

你现在一无所有，但你却拥有一切，因为你还有梦想。只要路是自己选的，就不怕远走，生活总会留点儿什么给对它抱有信心的人。

我不怕黑、不怕冷、不怕路远，只怕虚度了韶光、枉费了年华。

青春有时候真让人伤感，两个人相互看着，在心里相互喜欢着，却在见面的时候说着疏远又礼貌的话。

目　　录

谁的青春不迷茫

愿有勇气去热爱

谢谢你出现在我的生命里

疲惫生活中的英雄梦想

不忘初心，方得始终

谁的青春不迷茫

青春不是死胡同，它终将逝去，却远未逝去，像一本读不完的书，一直给你温暖和力量。

18 岁的沉重

七堇年

18 岁，在千辛万苦熬过了高三之后，我没有考上清华。原因竟然不在数学，而在文科综合。揭晓分数的那天，我听完电话里的报数，在草稿纸上加了 3 遍，得到的仍然是那个我不想面对的数字。我倒在床上蒙头痛哭了整整一天。母亲坐在客厅，也是默不作声地落泪。过了很久很久，她悄悄来到我的床边，抚摸着我的头，那么无奈而痛心地安慰我："不要哭了，乖，不要哭了。"

烈日不怜悯我的悲伤，耀我致盲。彼时过于年轻脆弱，我只知道蒙头痛哭，在盛夏 7 月，眼泪与汗水一样丰沛而无耻。我仿佛听见命运的大门缓缓关上的吱嘎声……我一度以为，我一度那样真真切切地以为，这是我人生中最无可挽回的失败。在后来高中好友们一一被名牌大学录取的报喜声中，在后来一次次首都顶尖高校的昔日好友满面春风的精英型同学聚会中，在后来的后来，我愚蠢而耐心地反复咀嚼着这一次失败的味道，几近一蹶不振，为这一个理想的幻灭赔上了此后将近 3 年的无所事事的荒凉青春。在 20 岁出头的关口，我才明白过来，不懂得从一次失败中站起来，永远跪在地上等待怜悯并且期待永不可能的时间倒流，才是人生中最无可挽回的失败。

母亲想要安慰我，像《我与地坛》中那个欲言又止的可怜的母亲那样，对我说：“带你出去走走吧，老这么在家里不成样子。”

是带着这样一种失魂落魄，真的是失魂落魄的心绪，去往稻城的。自驾车 2000 多公里，从川西南，北上到甘肃南部的花湖，再南下，去往藏东的稻城亚丁，途经红原、八美、丹巴等与世隔绝的绮丽仙境。巍巍青山上，神秘古老的碉楼隐匿于云端，触目惊心的山壁断层上苍石青峻。月色辉映的夜里，沿着狭窄的公路在峡谷深处与奔腾澎湃的大河蜿蜒并驰，黑暗中只听见咆哮的水声。翻滚的洪流在月色之下闪着寒光，仿佛一个急转弯稍不注意，便会翻入江谷，尸骨无存。

头顶着寂静的星辰，我在诗一般险峻的黑暗中，在行进着的未知的深深危险中，渐渐找到一丝不畏死的平静。

我曾经说过，其实人应当活得更麻木一点儿，如此方能多感知到一些生之欢愉。明白归明白，但我或许还将终我一生，因着性情深处与生俱来的暗调色彩，常不经意间就沉浸在如此的底色中。希望、坚持等富有支撑力的东西总是处在临界流产的艰难孕育中，好像稍不注意，一切引诱我继续活下去的幻觉就将消失殆尽。

7 月，在行驶了 2000 多公里之后，在接近稻城的那个黄昏，潮湿的荒原上开满了紫色花朵，落雨如尘，阴寒如秋。孤独的鹰在苍穹之上久久盘旋。我眺望窗外的原野，身边坐着母亲。

高三时，我在外读书，母亲常常专程来看我，一早赶 30 多公里路，给我带来我喜欢吃的东西，热乎乎地焐在包里，外加很多她精挑细选的水果、营养品。我由此越发懂得什么叫作可怜天下父母心。

有次她借着出差的机会，又带上很多东西来看我。白天忙完工作，傍晚时才来到学校。母亲就这么静静地坐在我的宿舍里干等了我一个晚上。那天晚自习照例是考试，我急不可待地交了卷，匆匆赶回宿舍和母亲相见。没说上两句话，很快就有生活老师催促熄灯，母亲说："那我走了，你好好的，要乖，妈妈相信你会努力的。"我送母亲到校门口，那时下着雨，母亲想让我早点儿回去，就说司机已经来了，宿舍关门了就不好了。我想也是，生活老师不太好说话，我就先回去了。

而后来的事情是，那个下雨的凄凉夜晚，为母亲开车的司机在市中心吃完饭已经醉得不省人事，睡得连电话响都听不到。母亲瞒着我，要我赶紧回宿舍睡觉，她自己一人站在学校外面空旷的公路边等着打车回去。可是因为过于偏僻，她打不到车。她一个孤身女子在那黑暗冷漠的马路边，从晚上 10 点 30 分一直站到深夜 12 点，手机也没了电，无法求助。偶尔飞驰而过的车，像划不燃的火柴一样，擦着她一闪而过，没有一辆停下。她冷得发抖。最终她拦到一辆好心人的私家车，狼狈落魄地赶了回去，因为受寒，病了一个星期。

高三结束了很久后，有次母亲轻描淡写地对我说起这件事情。我们正吃着午饭，我强忍着眼泪，放下碗筷，走进厕所咬着自己的嘴唇，痛彻心扉地哭了，眼泪喷涌，却没有发出一丝声音，然后迅速地洗脸，按下抽水马桶的按钮，佯装才上完厕所，然后平静地回到饭桌上。

我在心里想着，如果那个夜晚母亲发生什么不测，那我余生如何能够原谅自己？幸而她平安无事。因此我不知道除了考上一所体体面面的名牌大学，还有什么能够报答母亲的一片苦心。

这也是为何我高考失败后，这么久以来无法摆脱内疚感和挫败感的原因，我觉得我对不起她。她寄予我的，不过是这样一个简简单单的期望，期望我考上一个好大学，希望我争气。为着这样一个简单的期望，她 18 年如一日地付出无微不至的关爱。在后来，经历几番追逐恋慕，浅尝过人与人之间的感情维系何等脆弱，我才惊觉母亲给予自己的那种爱意，深情至不可说，无怨无悔地默默伴我多年。我不得不承认，唯有出自母爱的天性，才可以解释这样一种无私。

稻城的夜，雨声如泣。在黑灰色的天地间，7 月似深秋，因为极度寒冷，我们遍街寻找羽绒大衣。海拔升高，加上寒冷，母亲的身体严重不适。我们只好放弃了翌日骑马去草甸再辗转亚丁的计划，原路返回，旅程在此结束。带着《游褒禅山记》中记叙的那般遗憾，带着上路时的失魂落魄，离开了寒冷的稻城。

那是 18 岁时的事情。几年过去，因着对人世的猎奇，探知内心明暗，许诺自己此生要如此如此，将诸多虚幻而痛苦的读本奉作命运的旨意——书里说，“生命中许多事情，沉重婉转至不可说”，我曾为这句话彻头彻尾地动容，拍案而起，惊怯至无路可退，相信在以自我凌虐的姿势挣扎的人之中，我并不孤单。我时常面对照片上 4 岁时天真至脆弱不堪的笑容，不肯相信生命这般酷烈的锻造。但事实上，它又的确是如此。我从对现实感受的再造与逃避中体验到的，不过是一次又一次对苦痛的幻想。

在我所有的旅行当中，18 岁的稻城是最荒凉的一个站点。可悲的是，它最贴近人生。

人生如路，须在荒凉中走出繁华的风景来。

青 春 珍 贵

刘慈欣

曾看过一篇很短的科幻小说，题目忘了，说有这样一个时代，两个人之间可以借助某种技术，交换包括全部记忆在内的完整人格。但为了保证社会公平，法律规定，财产所有权只认人的身体而不认他（她）所拥有的人格。这一时期，人们发现富豪们普遍得了一种奇怪的病，他们被称为“人格寄存者”，他们每个人所拥有的人格频繁切换。

小说的主人公是一个 50 多岁的富豪，他平均每天换一种人格，并为此痛苦不已。发生这种事情的原因很简单：这个时代的年轻“屌丝”都有一个梦想——能够与一个大富豪交换人格，而许多年长的富豪也愿意以自己的全部财富为代价再获青春。

但几乎每一个与富豪交换人格的年轻人很快就后悔了，他们会立刻与另外一个年轻人做人格交换，再换回一个年轻的身体。据统计，这种反悔后再交换的间隔平均不到一天时间，于是这些年长的富豪所拥有的人格频繁切换，像一个人格寄存器一样。

我对这篇小说的感觉一般，感兴趣的是人们对这种事情的看法。小说有深意的地方在于作者没有把主人公设定为一个八九十岁的老头，而是一个50多岁的男人，身体健康，精力充沛，他这时抛弃自己拥有的巨额财富，仅仅为了再获青春，这可能吗？我调查的结果在预料之中，年轻人一般都认为这篇小说不真实，他们大多认为这种交换很值，换了自己也不会后悔，有时还会反问一句："为什么不呢？"但50多岁的老男人们大都认同这个故事的设定。

所以，青春的珍贵，只有失去它的人才能体会。

一位医生朋友说，这个故事中交换者双方的感觉，关键在于"突变"，或者说"切换"。一个人随着流逝的岁月渐渐走到50多岁，他（她）大概还不能深切体会到青春的流逝；但如果一个人瞬间从20多岁切换到50多岁，再切换回去，那他（她）对衰老的感觉将铭心刻骨，"就像大病一场一样"，即使这个50多岁的人像那个富豪一样身体健康、精力充沛，结果也一样。

但青春的真正珍贵之处还在于对世界的感觉，在青春的眼睛中，世界是最美妙的。之前的童年和少年对世界充满了好奇，但还没有足够的知识和经历去感受世界的美妙；而步入中年后，世界就像你长期居住的房间，即使装修得再华丽，每天都看，也麻木了。

我在一个偏僻的山谷工作了近30年，记得当初来报到的那天，我对周围那些高耸的山峰充满了向往和激情，当天下午就爬上了其中一座，那座山几乎没有路，我的衣服都让荆棘划破了。我决定以后每个星期爬上周围一座新的山峰。后来工作忙了起来，我就安慰自己，我可能要在这里度过一生，有的是时间去登那些山。现在，我永远离开了那里。走的那天，当列车开动时，我悲哀地发现在过去的 29 年中，自己再也没有爬过这里的第二座山。而当年那个年轻的我，在舟车劳顿后的那个炎热的下午，居然有兴致和精力去登上那样一座没有路的陌生的山峰，无论从理智上还是精神上，现在的我都百思不得其解。

回到那篇科幻小说，小说的结尾，又换到一个年轻身体的主人公坐在公园里，他一贫如洗，饥肠辘辘，却沉浸在从未有过的幸福中。他庆幸在一场人生的击鼓传花中及时把花丢给了下家。他由衷地对自己说："年轻真好！"

完美青春

陈丹燕

这是一间传统精英女子高中的楼梯厅，两侧的楼梯扶手上有大大的哥特体烫金字，一边写着“UP”（上），另一边写着“DOWN”（下）。在课间学生转换教室的几分钟里，穿深棕色羊毛背心和短裙的少女们抱着讲义，鱼贯地从这里经过。此刻这里一片安静，柔和的朗读声从长走廊里依稀传了过来。

这里保留着女中特殊的气味。空气中的微甜来自女孩子新鲜的身体和口腔，微酸则来自她们汗潮的脊背和腋窝，微臭一定来自她们的白色棉布短袜和球鞋深处——女中的女孩子常常放肆地保留她们的体味，也许是因为她们不必在男孩子面前伪装淑女。那些新鲜的、容易出汗也容易变得通红的身体，散发着植物般不知掩饰的自然气味。到了成年，这气味就会变得清淡了。

还有一些幻想的气氛，来自青春汹涌而至的心灵。一些阴郁的念头、一些羞涩的念头、一些狂乱的念头、一些不能阻挡的恐惧和欣喜，像热汤上的白雾一样，浮动在女孩子们留下的气味之中，就像墙上女生们自己画的小幅油画，那苍白的脸是因为心中有太多的激情。严厉而保守的灰墙，就像社会精英的传统对青春的压迫。

当我已远远地离开了自己的青春时，才发现被抑制的青春其实最浪漫。如果这里没有哥特体的金字，如果这里被喷满了墙画和青少年最喜欢的无厘头词语，浪漫的程度会大为降低。顺着金字鱼贯而行的女孩子们，像深夜里醒着的小兽，眼睛在铁灰色的背景下亮闪闪的。她们的身体跟随金字温顺地上下，但她们的青春却像地火一样四处蔓延。如今我才明白，这样才算得上是完美的青春。

他们在毕业典礼上说了什么

张丽钧

看了一系列来自美国的2014届毕业典礼演讲视频，有3个视频给我留下了深刻印象。

首先是一对夫妇的演讲。丈夫的口才显然比妻子逊色。丈夫提出一个观点，妻子梅琳达负责佐证他的观点。梅琳达是个擅长讲故事的人。她说，她去了趟印度，接触了一些妓女。当她为她们未来可能患上艾滋病而忧心忡忡时，她们却告诉她说，还有比艾滋病更让她们感到难以承受的痛苦，那便是“污名”。她们那么渴望与她肢体接触，她便紧紧地、久久地握着她们的手。后来，梅琳达到“垂死之家”去慰问，发现病房的角落里有一个30多岁的女子被弃置不顾，询问时，得知她是一个艾滋病患者。死神在那女子身边逡巡。梅琳达拉着那个濒死女人的手，无法用语言交流，却也在用心交流。形销骨立的女子指着楼顶，说出一个梅琳达听不懂的愿望，但她猜到了，那女子是想到楼顶去看日出。梅琳达招呼义工，想和他们一道抬她上去，但义工们拒绝了。无奈之下，她只好自己抱着那个女子上了楼顶，满足了她看日出的心愿。（众唏嘘）但也就仅此而已，没过多久，那女子就去世了……梅琳达说："有时候，越是你帮不了的人，对你心灵的震撼也就越大。"演讲即将结束时，梅琳达号召即将走向社会的大学生们竭尽全力去帮助那些需要帮助的人，让更多的人过上有尊严的生活。大学生们感动不已，激动地起立为她鼓掌。

第二位演讲者是位成功女士。在谈到"保持诚实"这个话题时，她举了发生在密友贝琪身上的一个例子。贝琪第二次怀孕时，儿子山姆已经5岁了。山姆好奇地问妈妈："宝宝的胳膊在你的胳膊里吗？"妈妈回答："不，宝宝的胳膊在妈妈的肚子里——整个宝宝都在妈妈的肚子里。"山姆又问："那么，宝宝的腿在你的腿里吗？"妈妈回答："不，宝宝的腿在妈妈的肚子里——整个宝宝都在妈妈的肚子里。"这时候山姆又发问了："妈咪，我想知道你屁股里长的是什么？"（众笑）——孩子不懂得藏掖，他的问题，都是"真问题"。但是，成年人就不同了。她接着举例说，当她仓促结束了不到一年的失败婚姻时，许多朋友对她说："我早就发现，你俩不合适。"她难过地想："那为什么不在我结婚之前告诉我呢？"接着，当她说出一个又一个被大学生们忽略的真相时，当她鼓励大家去改变这些不尽如人意的现状时，大家由衷地为她鼓掌欢呼。

第三位演讲者是一位知名男士。他出席的是一所技术高中的毕业典礼，下面坐着的都是获得了"拆装引擎、经营餐馆、建造房屋、修理电脑"等专业技能、即将开启职业生涯的学生。他坦诚地说："我早就不记得我高中毕业典礼上的演讲者了，因为当时我正在想着毕业聚会的事，但现在连毕业聚会的事也不记得了。"（众笑）他话锋一转，调侃道："你们将记住今天毕业典礼上的演讲者，不是因为我的演讲多么鼓舞人心，而是因为会场安排了这么多‘特勤局’的人员。”（众大笑）他这样夸赞那些聆听者——“你们的兽医诊所每月大约要救治250只宠物，所以，我应该把波和桑尼（均为宠物犬名）带来，你们可以精心照顾它们。”他这样鼓动那些聆听者——“运用你们学到的焊接技术，去建设一间太阳能板房，应对来自中国的竞争。”（鼓掌尖叫）他这样勉励那些聆听者——“‘天赋’加‘勤劳’，可以将你们带到更远的地方。”他这样称颂那些聆听者——“你们将去做伟大的事情！”最后，他祝福他们，为他们祈祷。

这些毕业典礼演讲有一个共同的特点，那就是：远离假话、大话、空话、套话、鬼话；贴近大地，贴近生命，贴近人心。

——那对夫妇，是世界首富比尔·盖茨夫妇。那是他们在斯坦福大学的演讲。

——那位女士，是Facebook（脸书，美国的社交网络服务网站）首席运营官雪莉·桑德伯格。那是她在哈佛大学的演讲。

——那位男士，是美国总统贝拉克·侯赛因·奥巴马。那是他在伍斯特技术高中的演讲。

做自己尊重的人

饶毅

在祝福裹着告诫呼啸而来的毕业季，请原谅我不敢祝愿每一位毕业生都成功、都幸福，因为历史不幸地记载着：有人成功的代价是丧失良知，有人幸福的代价是损害他人。

从物理学角度来说，无机的原子逆热力学第二定律出现生物是奇迹；从生物学角度来说，按进化规律产生遗传信息指导组装人类是奇迹。

超越化学反应结果的每一位毕业生，都是值得珍惜的奇迹；超越动物欲望总和的每一位毕业生，都应做自己尊重的人。

过去、现在、将来，能够完全指导个人行为和思想的只有自己。世界上很多文化借助宗教信仰来指导人们生活的信念和世俗的行为；而对无神论者——也就是大多数中国人来说，自我尊重是重要的正道。

在你们步入社会后会看到各种离奇的现象，知道自己有更多的弱点和缺陷，可能还会遇到小难大灾；在诱惑和艰难中保持人性的尊严、赢得自己的尊重并非易事，却很值得。

这不是自恋、自大、自负、自夸、自欺、自闭、自缚、自怜，而是自信、自豪、自量、自知、自省、自赎、自勉、自强。

自尊支撑自由的精神、自主的工作、自在的生活。

我祝愿：退休之日，你觉得职业中的自己值得尊重；迟暮之年，你感到生活中的自己值得尊重。

不要问我如何做到，50 年后返校时告诉母校你如何做到：在你所含的全部原子再度按热力学第二定律回归自然之前，它们既经历过物性的神奇，也产生过人性的可爱。

（本文为北京大学 2015 年本科生毕业典礼上教师代表饶毅的致辞）

别钻进青春的死胡同

辛夷坞

很多人觉得我写了《致我们终将逝去的青春》，就一定对青春有着更多的感悟。事实上，我和大家一样，都是青春曾经领养的孩子，你哭，它笑。我玩着一个童年的布娃娃，一不小心跌倒，感染了人生第一场忧郁，又开始学会做爱情的美梦，最后醒来的时候，你突然跟身边的人发出疑问：我们什么时候长这么大的？而就在这个时候，或者更早，青春不动声色地拿走了我们所有的伤疤。

这是一个昂贵的梦。

我们都输了却不自知。青春是楚门的世界，没有谁可以逃出它的掌控；青春是一场黑暗，它做了一层密不透风的茧，然而有光，让你可以看得到外面的世界，让你肆无忌惮地哭泣、挣扎。青春歌颂每一个清晨、天黑的时候，所有人都在打磨关节，把自己拉长，同时，思想也大规模出动，围剿每一个昏昏欲睡的脑袋。

青春是一个圈套，然而是善意的。

你虽然永远赢不了它、躲不开它，但是它终究会从你身边离开，干脆到连声招呼都不打、连个背影都不留下。然后你觉得自己解放了，前方面对的却是更多的圈套和陷阱。这个时候，你想起之前的每一次流泪、每一次跌倒、每一次愤怒和无助，当然，也有每一次侥幸的或是笃定的小小胜利。于是，你决定往前迈出第一步，褪去所有的青涩和稚嫩。即使第一步就崴了脚，你也没有流泪。你会苦笑、自嘲，拿高跟鞋撒气，然后继续一瘸一拐地赶路。

你知道回不去了。青春已是一场回忆。

而人生越往前，你越怀旧，越感念青春的美好。你翻着初恋对象写的分手信，“瞧瞧，那时候，连欺骗都是真的”。你连夜赶着一个策划案，想起刚上大学时，一个人拖着个大箱子，局促而又兴奋地去报到。再后来，你不再会听着学友哥的演唱流眼泪，甚至连爱人的一个拥抱都要计算时间成本，你住进了高楼，你坐进了汽车，你没有快乐甚至悲伤，只是对着人生的下一个路口，烦躁地按喇叭。

再后来，又有很多人、很多梦想从你身边走开，他们离开的速度快到连回忆都来不及留下。你最后握住的只有青春的回忆，一屁股坐在沙发上，陷进去大半个人生，翻开影集，突然间泪流满面。

你终于原谅了青春，也终于懂得了感激。你终于开始承认它是你的生母。人生的密码早已在你懵懂初开的时候一把全塞到了你手里。只是那时候，我们不懂得细细咀嚼。

现在你知道了，在那些恣意飞扬的岁月里，我们每一个躁动不安的梦想、年轻气盛的誓言、猝不及防的暗恋、义无反顾的摔倒又爬起，其实都藏着一颗颗饱满的种子，它让我们有了脊椎，有了思想，有了人格，通晓了嘴巴和手的真正功能。在人生每一场来势凶猛的暗战中，你保全了自己。然后，一有机会，你完全可以朝着你想要的精彩和骄傲一路狂奔。

所以，在你离开青春后的每一天，如果人生真的遇到了太多怀疑、挫折、彷徨、无助，你要好好想想，曾经青春岁月里的你，会怎么办。

朋友，青春不是死胡同，它终将逝去，却远未逝去，像一本读不完的书，一直给你温暖和力量。如果你善待它，懂得感恩和回报，它会在你认为的人生每一个死胡同前笑眯眯地等你，并拿出一把把钥匙，就像拿出你小时候期待已久的糖果。

喜 欢 的 人

赵瑜

身边的人都知道我有了喜欢的女生，看她常戴着一顶黄色的毛线帽子，就说我喜欢上了一个黄色小帽子，简称“黄小帽”。

黄小帽短发，是班里补录的学生。补录生比我们晚到了一个月，我作为临时班长，负责接待她，照例会有一番吃饭、睡觉指南式的问询。她眼睛好看，我喜欢看她；她有些羞涩，这让我对她更有好感。

她给我的第一印象是，她不是一个陌生的女孩儿，我们两个仿佛有很多话说。

我们时常坐在一起说话，讨论老师的声音、同学的性格，以及餐厅里某个窗口的勺子要大一些。还有就是，我会给她看我新写的诗句。她呢，恰到好处地表达喜欢，甚至还认真地抄在她的笔记本里，以让我放心。是的，她的喜欢是确切的，可以被证实的。

我终于发现，她写了一手漂亮的钢笔字。她的字是欧体的底子，果然，她一捉毛笔我就看出来了，耐心，透露着家学。那时，我正喜欢向外面投稿，写好草稿以后，会交给她，说："你帮我抄写清楚。"她倒也习惯看我潦草的字迹，仿佛在那一份潦草里，她看到了我日常生活的粗略。有时候，我在图书馆做的一些读书笔记，字迹太潦草，过了些日子，我不认得了，会拿给她看。她给我用工整的字标注得清清楚楚，她竟然比我自己还了解我书写的习惯。

这真是一份相互阅读的欢喜了。我那时深信她是喜欢我的。有一次，我往她的书里夹了一封情书，只写了"一封情书"四个字。我当时想，我略去的内容，她大概应该猜得到，反正，她熟知我抒情的套路以及用词的范围，即使我在给她的情书里，多加一些糖果味道的形容词，也不会超出她的想象力。

然而，我的简略的情书是我对爱情的想象。我过于矜持和自恋了，我以为，我给她写下这四个字，她就应该自己通过合理的想象补充完整里面六百字的甜蜜。哪知，她给我的回答是："书打开看了，从未发现有小字条。"

或者她说的是真的，的确没有发现我夹在她书里的字条；也有另外的可能，就是她并没有接受我自以为是的"情书概略"。

此时已是夏天，她的帽子早已在春天的时候被几声鸟叫掠走。因为她名字里有两个"木"，所以又被我的同伴称为"两棵树"。我还专门为她的新名字写了一首诗，有这样的句子："两棵树很美丽，我想，我必须是一只鸟，才能飞过树吗？"

同伴们便打趣我说，诗写得不确切，应该是"飞上树"。这些坏人。

我常常想，我和黄小帽的恋爱经历其实是一种简单的合作关系，那便是，黄小帽帮助我抄我写的稿子，我呢，就负责在稿子里偶尔向她倾诉爱慕。

然而，她始终没有将她抄写的这些好词好句存到她个人的存折里，而是流水一样，流远了。

青春有时候真让人伤感，两个人相互看着，在心里相互喜欢着，却在见面的时候说着疏远又礼貌的话。多年过去了，每每想起“黄小帽”这个称谓，我都恨不能找一块橡皮，将那些虚度的时光擦去，将两个人的关系挤在一起。拥抱是多么美好啊，可是，我们连手都没有牵过。

和两棵树的关系终于亲密了一些。有一天，两棵树病了，我得知后，到宿舍去探望她。因为是假期，她们宿舍只有她一个人。我坐在她对面的床上，远远地和她说话。

宿舍里没有凳子，我在心里斗争了很久，也没有坐到她的身边。那一刻，我确切地知道，两个人说话的内容与距离关系密切，如果我坐在她眼前，说的话一定是亲昵的、隐私的；而坐在对面的床上，我说出来的话，堂皇又客套。每一句话说出来，都让我厌恶自己，让我觉得，我正一步步远离自己的本意。

暑假，我在老家的院子里看书，忽然看到她在我书上留下的字，就十分想她。那个时候的想念，执着、浓郁又专心，可没有电话，只好写信给她。

我用了一下午的时间，写了封长长的信。冒着雨，我骑车到乡邮政所，将揣在怀里的信寄出了。总觉得，那信上还有我的体温。骑着自行车到乡邮政所的路，是我那年走过的最为甜蜜的路。信寄出去以后，我开始想象她收到信后的情形，想象她是喜悦还是不屑，我甚至天天坐在院子里发呆，想着她是不是正在给我写回信，或者写好了回信，觉得没有写好，又撕掉重写。

我没有收到回信。

终于熬到开学，我迫不及待地去找她，教室、宿舍均不见人。来回上楼梯的过程中，我和无数人打了招呼，却不记得一个人的样子，我满腔的热情都集中在见到她第一句应该问她什么。

信？那封信？还是，什么都不说，只是静静地看着她。

可是，我耗去了全部的热情也没有找到她。这像极了一个暗喻。我在想她的时候，她并不在场。想念这种事情，最好是频率相同的，不然的话，就会成为双方的烦恼。

到了晚上，见到她，我发现我已经没有话想同她讲了。而她并不知道我前后找她多遍的热烈，她平静地问我暑假都做了什么。我狠狠地告诉她，暑假我只写了一封信。

她愣愣地，看不懂我为何如此激动，只是笑。那几天，她为新一届学生的欢迎仪式忙碌着，不再是两棵树，倒像是一只鸟儿，一会儿在树上栖息，一会儿在空中飞翔。

我的感情过于浓缩了，被一封信取走了一大半，剩下的部分，在心里慢慢结冰，终于融化成几滴悲伤的眼泪。

某个月夜，我写了一首诗，大意是表达孤独感，抄在自己的日记本里。后来，又自己抄在方格稿纸上，投寄了出去。

我喜欢的人，终于在天凉的时候，又变成了黄小帽。青春期的喜欢终不过是纸上的一场战争，一场大雨就淋湿一切，胜败模糊。

枕 草 子

七堇年

那天晚上她敲开我房间的门，送给我一本《枕草子》。她说："这本书，也许你会喜欢。"

那一瞬间，我望着这本书，恍然间回到了尘埃中。

十几岁时喜欢过一个人——面容素净如雪般的高个儿少年，看起来清清朗朗，像是操场跑道边一棵沉默的翠绿杨树。

那年，从秋天到第二年的春天，他天天走路回家，我就远远跟在他后面亦步亦趋，以至于他的每一步姿态，我都谙熟于心。熟知他住的院子，熟知他会偶尔在画具店和书店停留，熟知他走路从来不会回头和左顾右盼，熟知他习惯将双肩包单背在左肩上，熟知他因自幼习字而写得一手流畅的行楷，熟知他十分喜欢看书。

他是那样姿态端庄的少年。我知道他与所有人都不同。他左右手均可以写漂亮的字，手腕上系着黑色的细线，上面还有一颗纽扣，我曾经趁他离开座位时，翻开他反扣在书桌上的一本书，是川端康成的《雪国》。

喜欢看这类书的年轻男孩儿不多见。

姑妈从英国回来的时候，送给我一支从莎翁展览馆附近的纪念品店里买回的鹅毛笔，十五英镑，金色的笔尖，浅棕色的羽毛笔杆有近一尺长。握笔书写起来竟有飞翔的诗意。我拆开朴素简洁的包装，欣喜的瞬间，第一个想起的人便是他。

那日下午我骑车穿越大半个城市，去书店里买来一本薄薄的英文字帖，开始练习写漂亮的圆体字。因为在老师给全班放电影，镜头里闪过一篇漂亮的圆体字书信的时候，我偶然听到他惊叹“太漂亮了”。我知道，他是沉默寡言的人，从不喜形于色，他定是非常喜欢圆体字。

在那年春天结束的时候，我开始夜夜在台灯下透着灰白的薄纸，蘸墨临帖。连鹅毛笔的笔尖，都被磨得光滑圆润，使用起来顺手舒心。那些用来重复临摹拉丁字母的纸，摞起来已有厚厚一沓，看上去仿佛一场无疾而终的爱恋。

那封信，我几乎写了两年。夜夜面对着信纸，我像得了强迫症似的练习如何把每一个字母都写得像一首诗，想象着如何以像电影场景一样的方式交给他，然后获得他掌心的温度，以及像花荫下的苔藓一般青郁的恋情。

在快要毕业的时候，我终于决定去找他。

那天是他的生日。我带着写了两年的信，最后一次跟着他回家，那条路我已经再熟悉不过了。夕阳之下我在他后面走着，一直凝视他的背影。两年多的时间，那些因为他而天真又卑微的时刻，声势浩大地清晰浮现，在内心深处摇摇欲坠，心跳变得粗犷激烈。

我想，我一定要把信给他，再这样下去我会死掉。

追上他的那一刻，我深吸一口气喊住他，把信交给他。他略带诧异地点点头，拿过了信，然后转身继续向前走。我亦转身，却竟然双手捂面，禁不住即刻哭出来。

那个时刻我怀疑，难道这就是我用两年、七百多个日夜，换来的一个潦草结局吗？他又怎能知道，白纸上那些花纹一般繁复漂亮的英文，是我用整整两年时间，夜夜在灯下心酸莫名的想念中一笔笔练习出来的告白。

那日我头一次觉得自己无限卑微，所有独自天真幻想过的美好方式，只兑现了一个最仓促潦草的现实。我捂着脸，泪水几乎要从指缝间流出来。那样的感觉，似乎比日后与他的接触更让我刻骨铭心。

我记得在毕业前，他曾经主动联系我。

在他家里，我看到与我想象中一模一样的情景：整齐得一丝不乱的房间，藏蓝色的窗帘、床单，白色的桌面、地面，干净得几乎令人有些偏执感。书架上摆满了书，其中有大部分是日本名著。他尤其喜欢川端康成、清少纳言、吉田兼好、松尾芭蕉的作品。他阴郁的气质，果真与他的阅读偏好吻合。他取下一本《枕草子》，说："这是清少纳言的随笔，我很喜欢，送给你。"

回到家之后，我打开那本书，看到里面夹着的一封信。字迹相当漂亮，一如我早就熟知的那样。我匆匆扫了一眼，因为担心不祥的结局，却又忍不住抱着欣喜的期待，所以鼓起勇气即刻翻到信纸的最后一页，果然，在结尾处写着"非常抱歉"。

那一个时刻我的头脑中有着瞬间的空白。如同那些烂俗的武侠片里，最锋利的刀总是会在留下伤口的一小段时间之后才会让人倒下，而又要过很久，才可以看到鲜血流淌。

那个夏天就这样淡出了生命，仅仅成为记忆的一部分。

多年之后的同学聚会上又见到他，大家还会一起喝啤酒、唱歌，最后分开的时候，我们每个人都互相拥抱。

当轮到他的时候，这个曾经占据了我全部心思的少年紧紧地拥抱我。他清晰而灼热的心跳敲打着我耳朵的鼓膜，令我忽然间感到怆然的眼泪夺眶而出，头脑中闪现的是那两年寂寞卑微的少年岁月。我此刻埋在一个曾经等待过的怀抱里，却因再次怀抱了曾经的等待，而终于明白成长的意义。青春的奢侈，便在于能有足够清澈的心情，用七百多个夜晚去写一封饱含深情的信，给一个并不属于将来的人。

此后的人生，我也许再不会用两年的时间，练习为一个人写一封信。

再不会跟在一个人后面，目送他回家，看着他的背影，充满感伤入骨的欣慰。

再不会暗自祈祷着用最优美的方式相遇，却在仓促转身的那刻痛彻心扉地哭泣。

数年之后，我阴差阳错念了英文专业。许多人称赞我写得一手整饬而漂亮的英文书法，我微微笑着，那个时候总是会忽然想起他来。

彼时，在灯下一遍遍在白纸上临摹圆体字，心绪被一帧模糊的少年残像所啃噬的青春岁月，再也不会有了。

关于离别的四个词语

辉姑娘

一

认识小信是在大二那年的夏天。那时候广院门口有个叫“西街”的小市场，破破烂烂的，生意却特别好。我记得街口有个卖青菜肉丝炒饭的，连店面都没有，生意却好得不行。小信就是这家卖炒饭的旁边的一个西瓜摊摊主。我们初次见她都有些惊讶，对于一个瘦瘦小小的女生独自出来卖西瓜颇感怀疑，可事实证明，小信的生意是那个夏天西街上最好的。

她搞到一辆破烂的小汽车运西瓜，汽车后厢居然被她装上了一台冰柜，西瓜存放在冰柜里。那年北京的夏天骄阳似火，我们住的宿舍楼没有空调，结果可想而知，冰镇西瓜的出场让所有人眼睛都绿了。我常去买瓜，买得多了便渐渐与小信熟络了。

我知道她是附近一所大学的学生，勤工俭学出来卖瓜。她每天 5 点起床跑到水果市场去进货，再赶着中午和晚上学生放学的时间出来卖瓜，我听着都觉得累。我说：“这么辛苦就少卖一点儿啊，你的学费应该早就攒够了吧。”她笑了起来，摇摇头说：“不够。”

彼时我们坐在西街路口的台阶上，啃着她卖剩下的最后两块西瓜，“噗噗”地吐着西瓜籽儿。她说她赚的钱一半给自己付学费，另一半要寄去东北某个城市给她的男朋友。这个答案让我有点儿难以置信，说：“难道他一个大男人，不能自己赚吗？”她有些害羞地抿起嘴，说：“他整天泡在实验室里，很忙的。再说他马上要考研了，不能分心，他家庭条件不太好，我想多寄些钱给他，让他把精力都放在学习上。”“那也不能花女人的钱啊。”我的语气很冲。小信只是笑，不再说话。

小信每次都独自去拉货，上百斤的西瓜，居然都一个人扛上车，比很多大老爷们儿还厉害。有一次，一个男人来买瓜，却对她动手动脚的。小信二话没说，一手拨了 110，一手抓起西瓜刀逼住了他。警察赶到的时候，正看见她把半个西瓜扣在那男人的头上，红色汁液流了一地，从远处看去，像一个戴绿帽子的男人被打得脑袋出血。

我刚好赶到，看到她面无表情，握着西瓜刀的手却捏得死紧，手指都变了形。我把她的刀夺下来，抱住她，跟她说：“没事了，没事了。”她居然还能咯咯地笑出声来，说：“你干吗啊，我当然没事啊，现在有事的是那个‘绿帽子’。”她一边笑，一边从我的怀里慢慢地滑坐在地上。我能感到她在剧烈地发抖，怎么也停不下来。

那一年的北京还没有雾霾，夜色清凉如水，我们彼此紧紧倚靠着坐在那片遍地狼藉、冰冷坚硬的水泥地上，头顶是偌大的漫漫星空。

大四那年的冬天，是记忆里最冷的一个冬天。据说东北降了百年不遇的大雪，冰雪封城，所有人进不去也出不来，小信急了，她男朋友就在东北某座城市里。她觉得这雪降得太猛也太早，男朋友家里的冬衣应该还没有寄到，一定会把他冻坏的。考虑再三，她决定前往那座城市。

我极力反对，但是显然反对无效。她买了满满一大包的冬衣，还有许多她男朋友喜欢吃的东西，又买了一张最便宜的大巴票——事实上，当时飞机和火车都停运，她也只能选择大巴。那个怀着满满的爱和期待的小信，终于出发了。

二

那场大雪下得漫长而扎实，大巴车在行进了大半天以后，在深夜被困在了高速公路上。前后都是车，当时小信离要去的城市只有十几公里，却寸步难行。小信心中焦急，于是她做了一个特别大胆的决定——下车步行。

很久以后，她每每跟我描述起这个场景，我都无法想象，一个单薄的女孩儿，背着一个沉重的、装满了冬衣的大包袱，一步一步地在大雪中行进了十几公里，她究竟是怎么做到的。

那所大学在非常偏僻的郊区，夜里荒凉极了，偶有路人，周围的村落就会响起一声声凶狠的狗叫，十分吓人。然而最艰难的并不是这些，而是一条通往校门口的雪路。说是雪路，其实是东北下过一场夜雪之后，雪化水，水结冰，冰再盖雪，再结冰……这样一条长长的冰路。

小信说她也不记得，自己背着包袱在那条冰路上摔了多少跤，只知道摔到最后整个人都麻木了，连周围的狗叫声也听不见了。她甚至已经完全忘记了自己一个独身女孩儿行进在这样荒无人烟的地方是一件多么危险的事情。可她终于还是走完了那条路。她跌跌撞撞地到了传达室，请求老师通知那个男生，她来了。

他终于出来了，远远地向她走过来，校门口唯一的一盏昏黄的路灯下，大片大片洁白的雪花纷纷扬扬飘落下来，落在他黑色的大衣上。她望着他，看着他在她的面前站定。她张了张嘴，却发现浑身都冻僵了，居然已经说不出话来。

他说的第一句话是："你怎么来了？"她不知道该怎么解释，忽然想起身上的包裹，连忙取下来，用冻得动作迟缓的手笨拙地打开，把衣服捧给他。他却只是皱着眉头看着那些衣服。她盯着他的眼睛看，然而脸上的表情从期待渐渐变成平静，最后又渐渐失去了所有的表情，他终于还是冲她点了点头，说："这些衣服，我会穿的，可是——"下一句话刚要出口，却被她硬生生打断了，"谢谢你。"小信说。这是一句很荒谬的话，她为他顶风冒雪千里送衣，她对他说的第一句话却是"谢谢你"。

可是她宁可先说出口。只因为她更害怕听到他对她说出这句话，他说："对不起。"她说："没关系。"什么都不必说，也不必解释，有时候最简单的对白，你已经足够明白对方的心是冷是热。她抬起头，最后看他一眼，说："再见。"她转过身向着来时的那条冰路走去。"哎——"他喊她，大约是心里终于生出了一丝内疚，"天太冷了，要不然我帮你在学校借间寝室，你住一晚再走吧。"她回头，冲他笑了笑："不必了。"她急匆匆地走，不敢再回头。

她以为这条路将永无尽头，直到一辆车停在她面前。司机摇下窗子，冲她喊："闺女！这大半夜的，你要去哪儿啊？"她说出附近城市的名字，司机想了想说："上来吧！"

她终于还是上了车，死死地抱住胸前的小包，那里只剩下一张回程的车票与 10 元钱，司机似乎毫无察觉，还在与她搭讪："你是哪里人啊？怎么这么晚还在这边？一个人不害怕吗……”

她不吭声，只是浑身缩成一团，怔怔地看着窗外的景色，却愈加心慌起来。直到车停下，她整个人却已经因为高度紧张而昏昏欲睡。司机叫了她一声，她浑身一激灵，冷汗唰地就下来了。“到了，下车吧。”

她茫然地推开车门，漫天的轻柔雪花紧紧拥抱住了她，风静声和，四周高楼上的灯火星星点点地蔓延开去，专属于城市的温暖气息扑面而来，脚下是坚实的地面，她终于不会再摔倒了。小信的泪水在一瞬间夺眶而出。

在那个大雪纷飞的北国夜晚，所有的绝望、泪水、恐惧都显得那么微不足道。22 岁的小信，失去又得到一些东西，也终于明白了自己真正的需要，不是甜蜜的西瓜，不是肆无忌惮地付出的青春，也不是路灯下那一场灰飞烟灭的惨淡爱情。

活着，并且只为自己好好活着，比这世间的一切都重要。

三

上个星期我与小信重逢的时候，她已经是一家跨国公司的人力资源部总监。身材依然瘦削，带着亲切熟悉的微笑，饭局结束时她抢着结账，我则抢着把她钱包里那张一家三口的合影拿过去看了很久。

我本是不欲聊起以前的事情的，怕揭人伤疤不妥。倒是她坦然回忆，云淡风轻。我笑起来，想着，但凡可以轻松自嘲并一针见血，大多是真正的遗忘吧。临走的时候，我把那张照片还给她，递出去的一瞬间，目光忽然扫到背面写了几个词。我没细看，但心里猛地一颤，然后手就下意识地松开了。

在我们的心里，在每一棵盛放着灼灼花朵的树根下，究竟埋藏了多少永不能见天日的秘密，那些难以启齿的爱，那些刻骨铭心的故事，那早已辨不出色泽的一捧春泥。然而终究无法深挖细掘，一探究竟。因为所有的初绽，早在枝头就已定好答案。

某次打电话给小信，终于鼓起勇气犹疑地问：“你照片背面的字，你先生看到过吗？”她轻声地笑道：“谁没有一张写着字的照片呢？”翻过去，是读不懂的词语；翻回来，是笑容明媚，一片朗朗春光里的幸福。

谁不曾在年轻时做过一个不计后果、只懂付出的傻瓜，一场感情如大雪将至，轰轰烈烈，无可挽回。对方却是那个轻描淡写的扫雪人，天明时，人与雪都悄然远去，了无痕迹。

还是要谢谢那个人，不曾暴雪压城城欲摧。幸好，我们不再爱人逾生命；幸好，我们终于等到雪霁天晴。这是最好的结局。

不必畏惧，其实这世间所有曾经让你痛彻心扉的别离，无非都是四个词语。

谢谢你。没关系。再见。不必了。

只是理想不一样

林特特

21 岁生日，我在安徽南部的一个村子度过。那时，高我一级的男朋友已毕业，回乡教书。

那里秀美、清明，有千亩竹林、千年溶洞。

我先是乘船，而后换长途汽车，后又换三轮车，早晨出发，日暮才抵达。

男朋友来接我。

他带我回家，一进门是一口缸，缸旁边第一间屋是米仓，院里养着猫、狗、鸡——看得出，在农村，这是一户殷实的人家。

他的父母、妹妹待我都极亲切，满桌子菜，印象最深的是当地特产的笋。

饭后，我被安排和男朋友的妹妹住一个房间，仍然是满眼的水果、零食。据男朋友说，这也是他父母特地去采购的。

连被子，都是用新棉花、新被面，新缝的。

我相信，这是他们家能拿出款待客人的最好的一切。随后，我被叫出门，左邻右舍，不断有人来，而我，就是他们来的目的。

我家在省城，是普通人家。但在他们眼里，已是来自大城市的姑娘。他们夸男朋友："有你的！"又提到过几年生"大胖儿子"的事。男朋友的妈妈应着，他们甚至讨论，将左边的厢房作为以后"小两口的婚房"——这让21岁的我感到难堪、震惊、距离遥远。

第二天，早饭，我吃了煮在糖水里的6个鸡蛋，撑得肚子圆鼓鼓的。男朋友说，这是他家乡过生日的习俗。

我们搭邻居的顺风车去他工作的学校。是卡车，驾驶室两边的玻璃窗开着，山风清凉。

此前，我在男朋友的照片里无数次见过那所中学的各个角落，有孤单的树、稻草堆、远处的山、教室、宿舍。诚实地说，很美，但我从没想过，它将是我的栖息地。

这时，男朋友正式跟我提出，他希望我毕业后来此处。

他是家里唯一的男孩儿，妹妹身体不好，"你看，她脸胖嘟嘟的，是因为吃的药里面有激素"。更何况"父母在，不远游"，他的爸爸一辈子就没离开过家乡，爷爷奶奶至今住在前面的老房子里……他现在工作的地方是十里八乡最好的学校，学校里有一个女同事，为了爱情，离开城市，来到乡村，和另一个男同事结婚，他们现在过得很好，有一个可爱的宝宝。

可那不是我理想的人生。

我沉默了。

沉默直至夜晚，我们又坐在饭桌前，男朋友的父母也发表了同样的意见。他们还举例，某个每年上春晚的大歌星，"树高千尺不忘根"，有个农村的丈夫，从未忘记农村的父老乡亲。这时，男朋友的妹妹举着为她哥刷的球鞋，笑着说：“以后，就让嫂子刷了。”我说，我不会做家务，男朋友的爸爸打圆场说：“以后都可以学。”

我实在说不出口，我的父母对我的培养是有计划的。尤其是我爸，有一个未能实现的文学梦，他希望我能行万里路，读万卷书，而不是大学一毕业，就在左厢房，生大胖儿子，在一个陌生的山区，为爱情牺牲理想。

“以后，我还打算上学。”我转了话题。

“要早生孩子。”“女孩子读那么多书干什么？”“能当个老师，还不够好？”“书读太多了，回到县城，都不一定能找到工作。”

那天晚上，我们站在乡间小路上。繁星密布。我劝男朋友和我一起考研。

他觉得我太虚荣：“大城市有什么好？我常想，去别的地方，教别人的、和我没什么关系的孩子，而不是家乡的，人生有什么意义？”

他也是有理想的，只是和我的不一样。

我忽然想起大一时他送我的小说——《平凡的世界》，可我想要的，恰恰是不平凡啊。

回校后，我收拾行李，发现男朋友的父母塞了一个红包，是我两个月的生活费。

下一次见面时，我还给了他。

我们后来分手，他写过一封信，问是不是觉得他家，尤其是他妹妹的病，是拖累——就在去年，他移植给他妹妹一个肾。

当然不是。

道不同不相为谋，即便大家都是好人。

站在他的立场，他和他的家人，都对未来的妻子、儿媳妇、嫂子有个固定的人物设定，我装不进去，装进去也会痛苦——或许这就是贫富之外，真正的城乡差别。

许多年后，我在北京，接到他的电话。他说：“其实你不适合结婚，比如，你不会做饭，不爱做家务，心太野。大城市，有什么好？”

当然用的是戏谑的口吻，都是笑谈。

直至我说起我的工作，我现在的生活。

他说：“那些事情高中生也能做，何必再读书，跑那么远？”

“不跑那么远，就不知道能做成什么样，能发展成什么样。”我回答，“我不喜欢圈养，更不后悔我的选择。”

愿好姑娘们光芒万丈

王正

有这么几个姑娘，每个人的故事都不太一样。

姑娘 X

在少年班读书，高一的时候被西安交大录取。她放弃提早进入大学的机会，去德国高中交换一年。随后在大家诧异的目光中去了世界联合书院在印度的分校，在印度一待两年。这个春天她被多所常春藤大学录取，而她放弃了布朗大学以及沃顿商学院，全奖去了她的梦想学校——普林斯顿大学。就在所有人为她欢呼的时候，她告诉我，她准备在正式去上大学之前“放空”一年，去秘鲁做社会服务。

姑娘 F

从小去了意大利，以至于意大利语说得比汉语流利。尤其是骂人的词，用意大利语说起来可以数满一百个不重样。母语汉语，再加上前前后后在学校里学的，她粗略会说六国语言，成了朋友圈里大家出门最喜欢“带”的翻译。明明是个姑娘，她总是 F 哥、F 哥地自称，抽烟、喝酒样样精通，短发、板鞋干净利索，考了重型机车的驾照，拉风又帅气。以至于到了毕业舞会时，为是否选择长裙而伤透脑筋。前年邀一群朋友骑单车穿越德奥边境，就为了去一个叫作 Fucking 的奥地利小镇图个新鲜。

姑娘 W

列了一张二十岁以前的待办事项清单，说要完成。于是在二十岁之前，去了世界两大高峰——阿尔卑斯山与喜马拉雅山，做贝斯手玩乐队，做舞台剧演员，做编剧写剧本，做短剧导演，做平面模特，做设计师，拥有自己的创业团队，热衷健身，玩极限运动。她说还有最后一项没完成——去非洲。

姑娘 H

温柔而又善解人意的南方姑娘，高中就来到北方上学。高中毕业后与相处了三年的高中同学成了男女朋友。在学校里参与学生会工作，还有志愿者活动。每天与男朋友打将近二十个电话。即使两人是在城市的两端，也会保持一个星期三次以上的见面频率。夏天，男友去见了她爸妈。他们即使毕业就结婚，也不太让人惊讶。

四个姑娘，四个故事，四种人生。

姑娘X的故事很励志，姑娘F很帅气、很勇敢，姑娘W的经历丰富多彩，而姑娘H的生活则平淡而波澜不惊。

看完故事的你，再回头看看，最喜欢哪一个？如果人生是一道选择题，你的答案又是什么？

对大多数还在自习室奋斗的人来说，被普林斯顿大学录取的姑娘X是完美的励志故事的主角。姑娘F的率真生活方式则需要上天给个好出身。那些在大学里混得风生水起的往往喜欢姑娘W。剩下的姑娘H，好像和故事没多大关系。

不过故事总是写来给人看的，而讲故事的人也只会挑有趣的说。若是只图个好看精彩，那么在做完选择题之后，就到此为止了。

故事里没有说的是：

姑娘X一直都承受着压力。从去德国开始，到去印度、秘鲁再到普林斯顿，一路走来，奖学金始终是她最主要的经济来源，也是她所有努力的最佳佐证。在德国的时候，面对陌生的语言，一切都需要从零开始。在印度的两年，不仅有恒河水、慢火车、辣咖喱，当报道中那些耸人听闻的群体暴力强奸事件就发生在身边的时候，有几个十七八岁的小姑娘不胆战心惊！去纽约大学阿布扎比分校面试的时候，她遭遇了人生第一次crush（短暂、热烈又羞涩的爱恋），却因男生选择阿布扎比、她选择普林斯顿而最终无果。

姑娘F拥有众多哥们儿，却从未恋爱过。她很重感情，却因为在米兰读书不能够经常回国，所以无法陪伴重病的亲人。从德国骑行去奥地利那段看似风光的旅途中，她在山路上摔伤了腿，又错过了凌晨返回的火车，不得已她用矿泉水简单地冲洗伤口，愣是架着自行车，一班一班乘公交，在数个城市间无数次地转乘，最终从奥地利返回德国时，连话都说不出来了。

姑娘 W 卖过牛奶，发过传单，坐在拖拉机上种过土豆，创业过程中出现的各种问题，时常让她伤透脑筋。开始玩乐队的时候，作为一个新手也曾尴尬无比。路上的故事也非顺风顺水，在阿尔卑斯山顶上，同伴颈部受伤，被直升机送往医院躺了月余。在去尼泊尔的旅途中，为省钱在机场蹲了一整晚，住过最便宜的旅馆——一个晚上六块钱。也遭遇过性骚扰、假组织等凶险，家人数天未能联系上她，以至于打电话向大使馆求助寻人。

姑娘 H 没有经历过上面三个姑娘中任何一个人的生活，她的大学生活、她的恋爱简简单单，而又温馨甜蜜。宿舍桌子上的台灯旁，摆着前不久男友生日时他们一起做蛋糕的照片。照片里面，两个人都笑得很幸福。

所有人都羡慕前三个姑娘的前半段故事，看到最后，也会衷心觉得最后一个姑娘的生活最实在。

到底什么样的生活才是你想要的生活？

四个姑娘的故事不会告诉你，简单的选择题也不会告诉你。

前三个姑娘都赞叹第四个姑娘的幸福，第四个姑娘欣赏前三个姑娘的经历，却从来没有去羡慕。因为她觉得自己已经很幸福，这是她对生活的完美期望。

微博上的朋友说：能不能把 X、F、W、H 四个姑娘的经历混合起来呢？有第一个的人生目标，有第三个的丰富经历，有第四个的贴心男朋友，整个过程需要第二个的勇敢、忍耐和直率。那真是一项充满了浪漫主义色彩的浩大工程。时间有限，性格不同，人生终究会有选择和缺憾，若是盯着别人蛋糕上的樱桃多么鲜嫩、巧克力多么诱人，而忘了自己尚未涂抹的奶油，慢慢等着蛋糕过期，那是件多么令人惋惜的事情。

你可以“放空”一年去秘鲁体验生活，可以收到美国常春藤大学的录取通知然后放弃，可以在意大利米兰的街头骑重型摩托，也可以在北京约三两好友喝酒。可开不开心、满不满意，不在于你在哪里生活，不在于你有多少激动人心的故事。你的每一天、每一分钟，是不是和朋友们在一起，是不是笑着，和你的位置没有关系，只和你是怎么想的有关系。如果今天你愿意做个高兴的人，那么即使是在天桥下吹个口哨，在阳光底下眯起眼睛，都会有满满的愉悦。

姑娘X、F、W、H都是生活里真真实实的人物，打扮普通，笑容灿烂，或许上一秒就与你擦肩而过。

讲故事的人从来只挑有趣的部分。生活里的姑娘们，哪一个不是有着千种姿态、万个故事。每个人的故事里都有精彩温馨的片段，也有起起伏伏、郁闷无趣的时候。你所要做的无非是用最大的勇气，过你最想要的生活。

我的好姑娘，你这么想着，下一秒可以开开心心，那么何须浪费这一秒忧虑迟疑。

自 渡 彼 岸

雪小禅

那年，他 17 岁。

家贫。过年吃饺子，只有爷爷奶奶可以吃到白面包的饺子。母亲把榆树皮磨成粉，再和玉米面掺和在一起，这样可以把馅儿裹住，不散——单用玉米面包饺子包不成。那种榆树皮饺子难以下咽。记忆中，可以分得两个白面饺子，小心翼翼吞咽，生怕遗漏了什么，但到底还是遗漏了——还未知是何滋味，已经咽下肚去。

衣裳更是因陋就简。老大穿了老二穿，老二穿了老三穿，裤子上常常有补丁，有好多年只穿一两件衣服，撑到上班，仍然穿带补丁的衣裳，照相的时候去借人家的衣服……

记忆最深的是他 17 岁那年的冬天，同村邻居有个 18 岁的青年，有亲戚在东北林场，说可以上山拉木头，一天能挣 30 多块钱。他听了心动，于是两人相约去运木头，那时尚不知东北有多冷。他至今记得当时多么兴奋，亦记得那地名——额尔古纳左旗（现名根河市），牛耳河畔，中苏边境，零下 49 摄氏度，滴水成冰。

每日早上 5 点起床，步行 20 公里上山。冰天雪地，雪 1 米多厚。拉着一辆空车上山，一步一滑。哪里有秋衣、秋裤？只有母亲做的棉衣、棉裤，风雪灌进去，冷得似乎连骨头缝里都在响。眉毛是白的，眼睫毛也是白的，哈出的气变成霜，衣服里鼓鼓的是两个窝窝头。怕窝窝头冻成硬块，于是用白布缠了，紧紧贴在肚皮上，身体的温度暖着它们，它们就不至于被冻成硬块咬不动。

不能走慢了，真的会冻死人。拉着车一路小跑，上山要 4 个多小时。前胸、后背全是汗时，山顶到了。坐下吃饭，那饭便是两个贴在身上的窝窝头，就着雪。到处是雪，一把把吞到肚子里去。才 17 岁，那雪的滋味永生难忘。

然后装上一车木头，往山下走。下山容易些，只需控制车的平衡。上山 4 个小时，下山两个小时，回来时天就黑了。

那是他少年时的林海雪原。

进了屋用雪搓手、搓脚、搓耳朵，怕冻僵的手脚突然一遇热坏死掉。脱掉被汗浸透的棉衣，烤在火墙边，换另一套前一天穿过的棉衣。晚餐依然是窝窝头。第二天早上照样 5 点起，周而复始。

一个月之后离开时，怀揣 1000 元钱。1000 元钱在 20 世纪 70 年代是天文数字，那时的人们一个月的工资不过二十几块钱。

回家后，母亲看着他后背上被勒出的一道道紫红的伤痕，号啕大哭。

那 1000 元钱，给家里盖了 5 间大瓦房。他说起时，轻声细语，仿佛在说一件有趣的事情，听者潸然泪下。

光阴里每一步全是修行，不自知间，早已自度。那零下 49 摄氏度的牛耳河，霸占着他 17 岁的青春，直至老去，不可泯灭。

谁没年少气盛过

张佳玮

1863 年，雷诺阿和莫奈在巴黎，不晓得自己将来会成为不朽的传说，只是安心画画。当时的年轻学生，穿衣打扮大多是波希米亚风。换句话说，以不羁为美。但雷诺阿后来描述说，莫奈的打扮很具有布尔乔亚风格：“他兜里一毛钱都没有，却要穿有花边袖子、装金纽扣的衣服！”在他们的穷困期，这衣裳帮了大忙。那时学生吃得差，雷诺阿和莫奈每日靠吃两样东西度日：四季豆和扁豆。幸而莫奈穿得阔气，能找朋友们蹭饭。每次有饭局，莫奈和雷诺阿就窜上门去，疯狂地吃火鸡，往肚子里浇红葡萄酒，吃罢别人家的存粮，才兴高采烈离去。

那时节，他们的思想比造型更叛逆。他们上着学院派的课，却讨厌学院派，讨厌安格尔，讨厌安格尔规定的素描套路。安格尔认为绘画以素描和线条为基础，于是雷诺阿索性不用线条。13 年后，雷诺阿完成了传奇的

《煎饼磨坊的舞会》，这幅动人的画描绘了欢乐的人群和节日的美丽，最核心的部分是：阳光落在回旋的人群身上时，节日服装的鲜艳色彩如何悦目。近景的人物脸上光线斑驳，越往远处去，形象就越隐没在阳光与空气中。当然，全画都没有用线条勾图。

6 年后，莫奈去了诺曼底，而雷诺阿终于去了趟意大利，看到了拉斐尔的原作。41 岁的他幡然醒悟，觉得自己一直误会了拉斐尔。从那之后，雷诺阿开始用线条作画了。

1900 年，刚 19 岁的毕加索给朋友写信说："让高迪和他的圣家堂见鬼去吧！"

那时，48 岁的高迪已经确立了自己的风格：对材质的想象力、对材料和色彩的感觉、铁装饰、抛物线穹顶、循环不停的门脸、动态空间。那时的毕加索喜欢西班牙画家格列柯，喜欢拉长形体，运用阴惨的颜色。1917 年，毕加索去意大利旅游后，也开始画一些线条柔和、暖色调的作品了。

罗伯特・休斯认为，毕加索到中后期，受了高迪的影响。约翰・理查德森则认为，毕加索不喜欢高迪，一半是因为艺术观点冲突，一半是因为1900 年高迪对巴塞罗那的进步青年艺术家不信任，毕加索觉得自己受了排挤，满心愤懑。

明清之际的大师傅山，少年时学赵孟頫书法，后来明亡清兴，傅山仇恨清朝，连带对当年屈身侍元的赵孟頫不爽起来，就说他极不喜欢赵孟頫，痛恨他书法浅俗无骨。又过些年，傅山心情变了，于是写道："赵厮真足奇，管婢亦非常。"他到底还是对赵孟頫，重新表达了佩服。

世上事大多如此。年少气盛，眼光锋锐，却总不免偏激；待到年长，看得多了，才品回以前没领会的妙处。类似弯路，雷诺阿、毕加索、傅山都走过。

《倚天屠龙记》里，张无忌离开冰火岛前，谢逊曾逼迫他背下许多武功要诀，还说：“虽然你现在不懂，但先记着，将来总会懂的。”

许多东西未必需要喜欢，阅读、游历，其实也不为都记下来，只是留个印象，在心里生根。日后触景生情，总会懂的。

愿有勇气去热爱

逃避，就一直是输家。唯有面对，才是赢的第一步。

在改变的时代改变自己

俞敏洪

触屏技术是诺基亚第一个发明的，比苹果早很多，但为什么智能手机没从诺基亚出来？因为这与原来的团队基因相抵抗，当整个团队已熟悉原有的运作系统，并且可以靠原来那一套拿着很多钱过得很舒服时，你让他们改变会非常难。

改变有两点：第一，让人重新动脑子。动脑子不是想吃什么饭、穿什么衣，而是变革自己和变革正在做的事情，想出新的做法，革自己的命。试问，有多少人在重新动脑子？人的惯性思维是非常严重的。第二，就算意识到要重新动脑子后，行为上能不能改变？这也不太容易。就算个人行为能改过来，当你还有一个团队时，你能不能把整个团队的思维改过来，这依然是件难事。整体的改革必须被绝大多数人接受才能够成功。

在改变的过程中，你可能失去了很多机会，眼看着一批批新生代把你超过去。诺基亚就是这样被超过去的，苹果将来也会这样。所以我现在做好了准备，宁可在改革的路上死掉，也不愿死在原来成功的基因里。

这个世界不断在变，但有些东西你不能变。做一件事时，你必须要考虑是否热爱这件事。我从来没有发现一个人做一件事情就只是为了赚钱，最后还能够做得特别成功的。你做的事情自己一定要从心底认可，有信念的人面对失败和挫折时不太会轻易放弃。

商业背后是一切人类愿意接受的原则。不要一想到商业，就想到互相欺诈、互相骗钱，会有这样的情况，但更多的是创造价值。只有创业家、企业家越来越多时，中国社会才能真正转型。

我建议大家有几个心态：

第一，不要怕生生死死，做任何事情只要命不丢就行了。你来到这个世界的时候就是赤裸裸的，你怕什么？

第二，缺什么东西就去要，就像看见喜欢的女孩儿就去追，追不上是你运气不够，但是不追会一辈子后悔。当年，我最不起眼儿的学生跟我要资源，第一次时，我不回信。可到第五次时，我必须回信，要不然良心过不去。这个世界上 95% 的事情，只要有勇气和胆量，加上“死不要脸”的韧劲，就能成功。

第三，紧跟时代，否则不管你做的事情多么牛、多么好，都有可能失败。比如开书店是一个理想，但书店都没有办法经营下去了，它们跟不上这个时代对于新商业模式和新需求的呼应，跟不上就只能退出历史舞台。我现在最担心我跟不上时代，但是我一直在努力。

最后，变革自己。不要指望任何人，能挽救我们的，只有我们自己。

梦想的勇气

余杰

前几天，我跟几个正在念高三的北京中学生聊天。当谈到“理想”这个古老的话题时，他们每个人的想法都让我大吃一惊。我以为这些男孩儿女孩儿最大的愿望就是考上北大、清华等名校，然而，他们当中没有一个人谈到这一点。

有个女孩儿说，她的理想是当一个电影人。这种电影人是纯粹的自由人，不依附于现有的电影制作和发行体制，与商业也没有任何的关系。她希望中学毕业后到美国去，用一半时间来念书，另一半时间则去周游世界。出门的时候，只带一个巨大的行囊。交通方面不用花任何的费用——一路上都可以搭好心人的顺风车；到了晚上，就到教堂里去住宿，然后在教堂做义工，作为报答。这个女孩儿说，她要拿着一台家用的普通摄影机，去拍摄那些真实的社会生活场景，去拍摄教堂天花板上庄严的壁画，去拍摄街头笔直的树木和熙熙攘攘的行人，去拍摄孤独而美丽的乡间小屋……她要认识各种各样的朋友，尝试各种各样的食品。她喜欢凯鲁亚克的《在路上》，而不喜欢三毛和尤今写的游记，她认为三毛和尤今的漂泊只是“走马观花”而已，她们看到的只是生活薄薄的表层，而她自己则要去发现更深沉的生命的真相。她还说，在四十岁以前不准备结婚，也就不会受到家庭的束缚，这样就能够专注地做自己喜欢做的事情，为自己一个人而活着。这个女孩儿的母亲是中央电视台的一位导演，在体制内过着兢兢业业的、职业女性的生活。母女俩的人生将是天壤之别。于是，我问女孩儿：“你妈妈知道你的想法吗？她是否支持你去实现这个梦想？”女孩儿对我“狡猾”地一笑，毫不在乎地说：“我没有告诉妈妈呢。等到我自己能够展翅飞翔的时候，妈妈想管也心有余而力不足了，那时候她能不让我飞走吗？”

另外一个男孩子告诉我，他的梦想是大学念医科，毕业之后到非洲大陆最穷苦的国家卢旺达去。去干什么呢？不是去做生意，而是开设一家为当地人服务的、不收费的医院。我更加奇怪了：“为什么你要挑选卢旺达呢？”男孩儿说，他在电视和互联网上看到许多关于卢旺达内战的消息，看到那里的孩子因为疾病和饥荒而变得骨瘦如柴，无依无靠地躺在沙漠里悲惨地等待死亡的降临。那些因为饥饿而死的孩子，眼睛一直圆圆地睁着，仰望着不再纯净的蓝天。看到这些苦难的画面，这个男孩儿心里十分难受。他梦见自己来到那片干旱贫瘠的土地上，与那些黑人小孩儿一起唱歌和舞蹈。他还告诉我，他知道在 1999 年获得诺贝尔和平奖的“医生无国界”组织当中就有许多来自不同国家的医生，他们往往为了一个单纯而真诚的梦想奉献出自己的一生。这个男孩儿说，他愿意像那些医生一样，到最穷苦、最危险的地方去，只要能够拯救一个人的生命，就是人生中最大的快乐。这个男孩儿对梦想的表达，让我深受感动，我不禁想起了伟大的特蕾莎修女。

一辈子为穷人服务的特蕾莎修女说过："人们往往为了私心，和为自己打算而失去信心。真正的信心是要我们付出爱心。有了爱心，我们才能付出爱。爱心成就了信心，信与爱是分不开的。"孩子是离爱最近的，人们要是能够永远保持孩提时的爱心该有多好啊。

孩子们的梦想还有很多很多，有人的梦想是当摇滚歌手，有人的梦想是下乡搞水果培育，有人的梦想是去研究毒蛇，有人的梦想是创办一所大学……在这些稀奇古怪的梦想中，可以看出每一个孩子的性格。

然而，没有一个孩子想成为跟他们的爸爸妈妈一样的、待在写字楼里的、循规蹈矩的白领职员。要想真正了解孩子们内心深处的想法，大人们需要一种平等而真诚的心态。大人们一直自以为是地蔑视孩子，认为孩子幼稚、不成熟。然而，究竟什么是成熟呢？成熟是否就意味着世故和圆滑，意味着现实和功利，意味着失去做梦的勇气？这样的成熟，我宁可不要。

我敬重孩子们做梦的勇气，也羡慕他们做梦的自由。我也知道，真正能实现自己梦想的，在这群孩子中是少数，他们中的大部分人还是得成为天天坐办公室的白领，过着平凡而乏味的生活。但是，我还是觉得，有做梦的勇气，真好。美国教育家博耶回忆了一段关于自己孩子的往事。三十多年前，他和妻子被学校叫去。校方忧虑地告诉他们，他们的孩子已经成了一个"特殊学生"——孩子的成绩十分糟糕。在一次测验里，老师给这个孩子写了一句"他是一个梦想家"的评语。博耶哑然失笑，他知道自己的孩子喜欢幻想，经常幻想星星和月亮，幻想到非常遥远的地方，甚至幻想怎样才能逃离学校。但是，博耶绝对相信自己的孩子是一个天才，只不过他的才能不适合学校的常规活动和僵化的考试而已。于是，博耶按照自己的方式呵护着孩子的梦想，他相信学者詹姆斯·艾吉的观点："不管在什么环境下，人类的潜能都会随着每一个小孩儿的出生而再现。"果然，孩子长大以后成了一个杰出的人物。

没有梦想的童年算不上真正的童年，没有梦想的人生是不值得过的人生。而梦想需要勇气的支持，我们还有梦想的勇气吗？

漂亮的失败是另一种成功

白岩松

当下是一个“成功学”泛滥的时代。在中国，很多扭曲和乱象，都与追求表面上的成功有关。我们往往只追求现实的结果，不追求真理；我们把结果看得非常重，因此我们无法享受过程；我们为了实现某个愿望，往往不择手段。

2012年，我参与了伦敦奥运会的报道。伦敦奥运会的口号是“影响一代人”。有记者提问：“体育如何影响一代人？”伦敦奥组委的一位官员回答：“体育教会孩子们如何去赢。”这句话很平常，在中国，很多事都能教孩子们如何去赢。但是他的下一句话让我格外感动：“同时，教会孩子们如何体面并且有尊严地输。”

这是中国人很缺乏的一种教育。在我们的教育体系中，孩子从小到大，什么时候学习过体面并且有尊严地输？

我记住了这句话。一方面，它让我更加明白，为什么体育在我们的生活中，扮演着如此重要的角色；另一方面，它像一面镜子，映照出此时的中国。

其实老祖宗早已明白这个道理，说“人生不如意之事十有八九”。既然不如意之事十有八九，那么为什么我们从来不教“十有八九”时人的心态和应对方法？相反，十之一二的成功，被看得极其重要；十之八九的挫折，也被放大到无以复加。

回头看世界历史，特别是中国历史，想想看，失败很可怕吗？中国有无数伟大的历史人物，他们之所以伟大，是因为失败，而不是因为成功。

岳飞是因为成功才伟大吗？如果我们从现在的“成功学”角度来看，岳飞很失败。不管仗打得怎么样，岳飞终究被朝廷用十二道金字令牌召回，最后还给“办”了。在当时来说，他是一个失败者。当时的成功者是谁？是秦桧。可是后来呢？秦桧一直在西湖边上跪着，但岳飞是我们心目当中的英雄。

项羽是成功者吗？作为一个男人、一个将领，项羽已经失败到无以复加的地步了吧？但是他仍然以英雄的形象，存留于中国的戏剧故事和百姓谈论当中。反倒是“成功者”刘邦，会让我们在心里产生某种不屑或者不那么喜欢的感觉。

林则徐的人生成功吗？大家只记住了“虎门销烟”，却不知道在很多“妥协派”的压力之下，一年之后林则徐被免去职务。从功名的角度来说，他成功吗？一点儿也不。

为什么要补上失败这一课？不仅仅是因为“人生不如意之事十有八九”，更因为生命从诞生开始，就是一条单行线，直奔死亡而去。就算你赢了全世界，也改变不了这个结果。死亡，是最大的“失败”，你应该怎么去面对它？

失败，其实有很多意义，这些意义比成功大，或者说有一种成功必须是以失败作为助推力的。南唐李后主的失败极其惨痛，我们想要经历那样的失败都很难。但我们至今仍在谈论他，为什么？因为他作为一个伟大的文学创作者，留在了中国文学史上。如果不是国破家亡，他会有“问君能有几多愁，恰似一江春水向东流”这样一种感怀吗？不会。这个失败对于李后主固然惨痛，但对于后人，对于文学的传承，何尝不是一件幸事？在他的文字中，失败，竟然有一种美妙的意境。

莫扎特生前在家乡不是一个受欢迎的人，屡受排挤，命运多舛。他是一个天才。他一生中创作的音乐作品，交给普通人抄谱，终生都未必抄得完。在他的音乐作品中，你听不到失败，听不到挫折，听不到身世的飘零和难言之隐。他的音乐，永远是人世间原本美好的那种存在。

还有很多伟大的诗人，正是因为人生中的不幸、挫折和难过，才创作出伟大的作品。我们都知道苏轼的作品好，但苏轼的官宦生涯其实是非常糟糕的，他屡屡被排挤、被贬谪，即便这样，他仍然留下了传世的佳作，连生活中的负面情绪也找到了别出心裁的出口，否则，“东坡肉”是哪儿来的？所以，以史为鉴，回归到个人，我们应该知道，有时我们是需要失败的，而且失败是伟大创作的重要动因。

此外，我们还应该明白，挫折与失败原本就为变革提供了机会。要知道，人在胜利的时候不必做出决定，但在失败的时候要做决定。

做出决定，往往意味着一种变革的开始，人生何尝不是如此呢？每当失败与挫折来临，你应该怀着好奇心去看待它，试图弄明白它的目的：“难道这是一次提醒？难道我应该做出一个更好的决定？”

放任飘洒，终成无畏

刘同

小五是我儿时玩街机游戏的最要好的玩伴。

他总是问我，为什么我总有克制他的方法，为什么我掌控游戏手柄那么熟练，感觉不需要思考一样。

我反问他：“你输了那么多次，正常人都气急败坏了，为什么你的心态还是那么好？”他说是因为小时候他常和别人打架，打输了回家还哭，不是太疼了哭，而是不甘心才哭。他爸又会揍他一顿，然后教育他有哭的工夫不如好好想一想为什么每次打架都输，面对才是赢的第一步。

我说：“你玩游戏只是兴趣，而我靠的是专注。”

那时大多数高中生以为人生只有一条大路，两个人稍微有一些共同爱好，就觉得我们是这条路上的唯一同伴。我和小五任何话题都一起聊，一起上学，一起放学，下课一起上厕所，晚自习分享同一盘卡带。连暗恋女同学也要商量好，你暗恋那个好看的，我就暗恋好看的旁边那个不怎么好看的。

高考前，小五放弃了。他说反正他就读的学校只是一个包分配的专业学校而已。而我也在滚滚的洪流中找到了所谓的救命稻草——如果高考不努力，就得一辈子留在这个城市里。

有人拼命挣脱，终为无谓。

有人放任飘洒，终成无畏。

我考到了外地，小五留在本地。原以为我们捆绑在一起的人生路，似乎也走到了分岔路的当口儿。

就读前，老同学约出来给彼此送行。几瓶酒之后，我们说大家仍要做一辈子的好朋友。借着酒意，我和小五去游戏厅又对战了一局，我胜得毫不费力。回家的路上，他双眼通红，一句话都没说。

那时申请的QQ号还是五位数的，电子邮件毫不流行，BP机（无线寻呼系统中的被叫用户接收机）太烦琐，手机买不起，十七八岁的少年之间都保持着通信的习惯。小五的信我也常接到一些，以薰衣草为背景的信纸，散发着淡淡的薰衣草的味道，上面的字迹潦草，想到哪写到哪，没有情绪的铺陈，只有情节的交代，一看就是上课无聊，女同学们都在写信，他顺了一页纸凑热闹写的。我说与其这样写还不如不写，他却说凡事有个结果，总比没消息好，哪怕是个坏结果。

有一天，他的信上写道："我让女孩儿怀孕了，她找了个小诊所，医生没有执照，女孩儿大出血，没抢救过来。她的家人找到学校，我读不了书了，你不用再给我写信了。"这是他写过的最有内容的信，言简意赅，却描绘了一片腥风血雨。

我打电话去小五宿舍，他已经离开了，所有人都在找他。他已决意放弃学业，留给别人一团乱麻，自己一刀斩断后路。

再见小五是两年之后。同学说有人找我，我看到小五站在宿舍门口，对着我笑。

“你还好吗？幸亏我还记得你的宿舍号码。”小五比我淡然。

“我靠，你没死啊？我还以为你死了！妈呀，你居然……”我激动得话都说不清楚，冲上去搂着他，眼里飙的全是泪。不搂死他，简直对不住这些年为他流露过的悲伤。

“我们一直在打听你的消息，这两年你到底去哪儿了？”

小五嘿嘿一笑，说他绝对不会无缘无故消失的，也许两年对我们而言很长，对他而言，不过是另外一个故事结束的时长而已，他一定会回来的。

两年前，从学校离开之后，他登上了去广东的列车，又怕女孩儿家人报警，就去了广东增城旁边的县里，在一家修车厂做汽车修理工，凭借脑子灵活、手脚麻利，很快就成了厂里独当一面的修理工。每个月挣着两千左右的工资，他都会拿出几百寄回家，自己留几百，剩下的以匿名的方式寄往女孩儿的父母家。一切风平浪静，小五以为自己会在广东的小县城结婚生子。有一天，他突然看到了女孩儿家乡编号的车牌号码出现在厂里，司机貌似是女孩儿的哥哥。他想都没想，立刻收拾东西逃离，就像当年他逃离学校一般。

坐在学校路边的大排档，我给他倒了一杯酒，先一饮而尽。他苦笑了一下，也不甘于后。我说：“你放开喝吧，大不了我把你扛回去，你睡我的床就行。”

没人知道这两年小五是怎么过的。喝酒之前，我本想约他去打局游戏缓解尴尬气氛的，可余光瞟到他的手已经变得完全不同了：指甲不长，却因为长年修车堆积了很难清洗的黑色油污，手背上有几道疤痕，他说是被零件刮伤的。他说其他学徒补车胎只会冷补，他是唯一能熟练给车胎热补的人。

就像我不懂冷补车胎与热补车胎究竟有什么不同，他也不懂为什么我学中文的却立志一定要去做传媒。我们彼此都不懂对方选择的生活，但是我们会对彼此笑一笑，干一杯，然后说："我知道你干的这事并不仅仅是热爱，而是专注。"

酒过三巡，小五比之前更沉默。我说："你已经连续两年给女孩儿家寄生活费了，能弥补的也尽力在弥补了，你不能让这件事情毁了你的生活。"

小五没有点头，也没有反驳。回宿舍的路，又长又寂寞，小五说："还记得读高中时你问我，为什么每次我失败之后总会问对方取胜的理由，我的回答是，面对才是赢的第一步。你说得对，无论如何，我不能再逃避了。"

时间又过了大概一周，凌晨 1 点，宿舍的同学们都睡着了，突然宿舍里的电话铃声大作，我莫名地感觉一定是小五给我打过来的。

"同同，我去了女孩儿家。"小五的声音带着疲惫透过话筒传了出来。

我屏住呼吸，蜷缩着蹲在地上，想全神贯注听清楚小五说的每一句话。

"她还在，没死，也没怀过孕，那是她哥哥想用这个方法让我赔钱而已，听说我转学之后她很后悔，一直想找我，但一直找不到……"话说到一半，小五在电话的那头沉默了，传出了刻意压抑的抽泣声。

"你会不会觉得我特别傻？这两年一直像蠢货一样逃避着并不存在的事儿。"

"怎么会？当然不会。"我说不出更多安慰的话。

只是生活残忍，所以许以时间刀刀割肉。十七八岁的时候，一次格斗游戏的输赢不过三分钟的光阴，而小五的这一次输赢却花了人生最重要的两年。

我说："小五，你不傻。如果你今天不面对的话，你就会一直输下去。面对它，哪怕抱着必输的心情，也是重新翻盘的开始。你自己也说过，逃避的人才是永远的输家。"

"同，我输了两年，终于在今天结束了。心有不甘，却无以为继。你说，我的下一场战役需要多久才会有结局呢？"

那天是2002年10月16日，秋天，凉意很重。

之后十一年，小五再也没有回过家乡，我们也鲜有联络。高中同学聚会的时候常有人问起："小五在哪儿，你们知道吗？"

没有人知道，大家都在叹息，觉得他的一生就被那个虚伪的谎言给毁了。我什么都没说，诚如我和小五的对话，有的战役三分钟有输赢，有的战役两年才有结局，有的战役十年也不算长。对于小五而言，一个懂得面对的男人，下一次出现，一定是带着满脸笑意，与我毫无隔阂，仍能在大排档喝酒到天亮，在游戏厅玩到尽兴，与我称兄道弟的那个人吧。

"逃避，就一直是输家。唯有面对，才是赢的第一步。"这句话真好，十七岁的小五这么说。

你瞧，我好看吗

张军霞

梅子在报社工作。那天，一位做生意的朋友打来电话，说在报纸上看到她写贫困学生的故事，自己很想帮助他们，因为能力有限，只能资助一个孩子，请梅子哪天方便时，给那几个孩子拍些照片，他想自己选择资助对象。

凑巧，梅子回老家，正好路过那个小山村。她来到村里的小学，按照校长提供的名单，准备为孩子们拍照片。在这个偏僻的地方，土地贫瘠，吃水困难，时常停电，村民们的日子都很苦，年轻人都出去打工，很多孩子成了留守儿童。他们没见识过大山外面的世界，对梅子手中的数码照相机非常好奇。

孩子们轮番出现在镜头里，他们身上的衣服、鞋子和书包，大都是破破烂烂的，任谁看了都会有几分心酸。这时，一个叫朵朵的小女孩儿，本来已经站好了，却忽然冲着梅子轻轻摆手，说：“阿姨，请等我几分钟！”

话音刚落，小女孩儿飞奔着跑远了。片刻工夫，她拿着什么东西跑回来，转身进了屋子。等到朵朵再出来时，梅子禁不住眼前一亮：朵朵穿了一件红格子的衬衣，因为有些肥大，只好扎到裤子里；她的肩膀上，还挎着一个崭新的书包。看到梅子还没开始按快门，朵朵又伸出手指，迅速理了理额前的头发，脸上露出甜美的笑容，悄声问旁边的女伴：“你瞧，我这样好看吗？”

也许是出于童真的妒忌，女伴撇着小嘴说：“臭美！又把别人的衣服穿出来显摆了！”原来，那衬衣是朵朵从隔壁一户人家借来的，所以不合体。至于那个书包，是两年前妈妈回家时，送给朵朵的生日礼物，她一直没舍得用。

梅子怀着复杂的心情，为孩子们拍好了照片。她有点儿担心的是，和别的孩子相比，朵朵这样“光鲜”的形象，会不会第一个被淘汰？

出乎梅子意料的是，当她把这组冲洗好的照片，整整齐齐摆放在朋友的办公桌上时，他居然毫不犹豫地指着朵朵那张照片说：“我就资助她，每年为她提供学费和生活费，一直到大学毕业！”

梅子忍不住追问：“为什么选朵朵？”朋友意味深长地说：“你看，在那样恶劣的生存环境中，朵朵爱笑又爱美，这是多么难得呀。其实命运不会一直亏待谁，只要能够保持这种好心态，总有一天，生活也会对她笑，生活也会因为她而变得更美好。”

只要开始就不算晚

林特特

十几年前在家乡，他是一名汽车修理工。一天之中最惬意的事，莫过于收了工躺在床上，拧开收音机的开关，在一副副好嗓子中，展开无垠的想象。

他也有一副好嗓子。如果不是初中毕业就开始工作，他大概会学播音，然后坐在主播台前，对着话筒，隔着透明的玻璃窗，向导播示意……

一天清晨，他在一片空地“练声”。说是练声，其实，既没有专人指导，也没有专业的理论知识。他只是凭着自己的直觉，找张报纸或拿本杂志，挑些喜欢的文章去读。

有一天，有人路过那儿停下来听他朗读。“小伙子，你要不要来我们电台试一试？只是没有钱。”对方抱歉地说，他忙不迭地答应了。

为此，他必须起得更早。早点儿去修车，以期在下午 3 点前结束一天的工作。当然，也睡得更晚——电台给了他一个时段（晚上 12 点到 1 点），没有钱，但他开始拥有自己的听众。

很长一段时间，他做两份工作，这两份工作他都处理得很好。只有一次，他听说邻市有一个短期的播音培训班，为期一周。请不了假，他便不要当月的奖金，旷工去参加。待走进教室，他发现，他是求学者中年龄最大的。

那时，他 26 岁，在小城大部分同龄人已结婚、生子，而他却揣着一个主播梦。

后来，工厂倒闭，他拿着 3.6 万元的补偿金去了北京。

“知道我当时是怎么准备成人高考的吗？很多年没上学了，别说考试，阅读都有障碍。于是，我每天 4 点多钟起床，在路灯下读英语，再用一整天的时间做数学题，抽空练声。下午在食堂上自习，这样，晚饭才能抢到最便宜的菜。室友们都劝我，那么拼命干吗？考的是成人大专，等毕业时，你已经 30 岁了。可我顾不了那么多。我想好好学播音，我想坐在主播室，哪怕 30 岁才开始。”他坐在透明玻璃窗前和我说这些时，导播正在一旁调试设备。

这是中央人民广播电台的演播室。他已经在这儿工作了 13 年，眼下，正主持着一档读书类节目。今天，我是他的嘉宾。

他告诉我，从进台起，他就被称为“哥”，因为那一年参加招聘被留下来的 8 个人中，他年龄最大，已经 30 岁了。我很好奇：“你年龄最大、学历最低，主考官看中了你的什么？”“我的声音、经历——我在求学期间不断做兼职，四处配音。”他顿了顿，说，“这说明我适合这份工作，热爱这份工作。事实上，当年进入台里的 8 个人中，现在还坚持做主播的只有我一个。”那天，在节目的最后，他总结道：“只要坚持，人生终究会有不同。功名，或许从来都眷顾愿意付出的人。”

轮椅上站起的“灵魂行者”

张鹏

苦难是人生中必修的一门课程

眼前的这个大男孩儿，瘦瘦小小的身躯似乎要被埋没在轮椅中，随时都可能跌倒似的。他的身高才 1.4 米，体重只有 20 公斤左右。但只要他一说话，无比坚定的语气和洪亮有力的声音便会感染每一个人。

这个生下来就患有世界性罕见疾病——成骨不全症的大男孩儿，叫刘大铭，今年 19 岁。很早以前，就有医生预言他活不过两岁。

母亲赵姣莲从来没想过放弃儿子大铭的生命。她至今记得，大铭只有 6 个月大的时候，有一次洗澡，胳膊骨折了，送到医院初步诊断为成骨不全症，这种病的患者被称为“玻璃娃娃”。这个家庭的噩梦开始了。

医生劝她：“对孩子什么都不要做，活不过两岁，目前世界上没有办法根治。”

很小的时候，大铭便意识到自己和别的孩子不一样。他只能老老实实地待着，不能玩儿，不能摔倒。他的活动空间只有床和沙发。躺在沙发上看书、辨听别人的脚步声，成了大铭童年为数不多的乐趣。

后来，他开始躺在床上学画画，可惜，学画不到两个月，他的左腿又断了。

在疼痛陪伴的日子里，大铭喜欢上了看书，还背起了唐诗。他开始显露出自己在记忆方面惊人的天赋，简单的唐诗只要母亲教一遍，他便可以背诵。

但刚开始没有一所学校愿意接收这个特殊的孩子，学校都担心孩子的安全问题。到大铭 7 岁的时候，他已经学完了小学的课程。当他在小学校长面前完整地写出自己的名字和家庭住址后，他被兰州市正宁路小学录取了。

2000 年，大铭 6 岁，在北京，他被国内一流的骨科专家判了“死刑”。但父母执着地坚持着，没有放弃他，他们陪着大铭一次次渡过人生的险滩。多年求医的艰难历程，让这个男孩儿从小便深知人生冷暖，心智远比同龄人成熟。

2012 年，大铭的病情再度恶化，脊椎严重变形为巨大的 S 形，整个胃部被挤压成细条状，牛奶喝不了几口就吐，每顿饭只能吃三四勺。此时，原本完好的视力也偶尔变得模糊。不得已，大铭全家再次踏上了求医之路。

在国内一家权威医院，老专家看完片子，对大铭父亲无奈地摇头说：“一年之内，别考虑做这个手术了……最好好好躺着。”

梦又一次碎了，但大铭不甘心。他后来写道：“我不甘心，不甘心，只要我能动弹一下，我就会向前走，打倒了爬着走，爬不了就挪、蹭，管它姿势多丑陋。”

2011年，在苏州举办的首届全国中学生校园诗会上，刘大铭以一首感人肺腑的诗作《灵魂行者》轰动了姑苏城。

开场白中，这个轮椅上的少年诗人，分享了自己的人生："我觉得苦难是人生中必修的一门课程，成功的背后是看不见的辛酸，而勇敢的背后有着我们无法想象的磨难。每个人都应该在有限的时间里，绽放出自己无限的生命价值。"

将躯干留给病魔，把灵魂留给生活

"你将躯干给了病魔，却把灵魂留给了生活；你将快乐分享于情感，却把悲痛留给了心窝；你将梦想给了青春，却把苦难留给了执着……"这首《灵魂行者》是刘大铭自己生命的写照。

大铭的身体曾经需要套上一个沉重的外壳用于支撑矫正骨骼，金属条贴着肉皮，疼得他青筋暴出，时常昏厥。整个冬天，他的衣服总是湿透的。连晚上睡觉，他都得戴着这个硬塑料壳，时间一长，全身好几处都被磨脱了皮。

他热爱生命，尽管双腿无法站立，但他痴迷篮球运动。在他卧室的墙上，贴满了偶像NBA（美国男子职业篮球联赛）球星科比的海报。

大铭喜欢科比不仅仅因为这个著名球星的球技。曾有记者问科比："你为什么如此成功？"科比反问记者："你知道洛杉矶凌晨4点的样子吗？"记者摇摇头。科比说："我知道每一天凌晨4点洛杉矶的样子。"这个故事极大地激励了这个轮椅上的男孩儿。

"我觉得，活着不再是一个人的事儿，也不仅是为了声望、金钱而奋斗，目标应该更高、更大，我该将心愿放到整个世界，该把轮椅赋予我的财富分享给每个人。”大铭说。

大铭时刻感到自己时间的紧迫，他不愿意“浪费生命”。2012 年，被医生判了“死刑”后，他预感到自己的生命或许快走到了尽头。他白天上课，晚上写作，直到第二天凌晨两三点，他希望写出一部能“流传的书”。

因为坐着脊椎会疼，他写作时只能趴着，所以他常常感觉呼吸不顺畅，手臂酸疼。

没有什么比上学更令他感到来之不易的了。为了上学，他差点儿因隐瞒病情丢掉性命。2009 年年初，他发现自己的腿上鼓起一个小包。他很快明白了，这是 4 岁那年放进他腿里的两根 X 针，现在针刺破了膝盖，针尖露了出来。

此时，正是中考冲刺的关键时刻。他悄悄地隐瞒了病情，忍痛上课，血时常从裤脚流到脚后跟，他却浑然不觉。

病魔再一次击倒了他，2009 年，刘大铭第九次被推上了手术台。他的腿长骨被截成 5 段重新排列，腿里换上了新的 X 针。因为术后综合征突发，大铭休克了，只剩微弱的呼吸。整个手术险象环生，靠打强心针才捡回一条命。

让他们重新获取对生命的勇气

和很多饱受病痛的人不同，刘大铭是那么阳光、真诚、爽朗，懂得感恩，富有活力。

在大铭就读的西北师大附属中学，他被同学亲切地称为“我们的霍金”。从 2011 年开始的高中生涯里，刘大铭得到了师生“众星拱月”般的优待，师生共同悉心呵护他的成长，大家更是将大铭视作班级的“精神代言人”。

鲜为人知的是，这个无法站立的大男孩儿却是班里的篮球教练。凭借着自己对篮球的独到理解，他获得了同学们的认可。打败其他班级篮球队的那个晚上，大铭在 QQ 空间分享了一条心情：“能给你们做一天的教练我都感觉幸福。看到你们和篮球在场上飞的时候，我的梦也好像实现了多半。”

就在和病魔不懈的斗争中，2011 年，幸福接踵而至。5 天的时间里，刘大铭相继斩获 3 个全国性大奖。作品《让我们在以后牵手》、小说《一夜苍白》先后获国家级奖项。此外，他还被评为当年的“全国十佳文学少年”。

2012 年，刘大铭再度荣获“中国少年作家杯”文学类一等奖，诗歌《灵魂行者》荣获全国冰心青少年文学大赛银奖。也是在这一年夏天，大铭远赴意大利手术，生死难料。临走时，他几乎是在和同学们做最后的告别：“希望我真的还能回来，也希望你们给予我勇气，让我带着勇气去面对人生中最漫长、最可怕的一次手术……”

他从意大利归来，出人意料的是，他推翻了已经写了一半的自传体小说，然后一字一字重新敲出。他以这样的方式宣告了自己的新生。

“你恨命运吗？”记者问。

“我并不恨它，相反，我要感激命运。命运给了我与众不同的身体，给了我特殊的使命。”大铭说。

“为什么把新书命名为‘命运之上’？”

“只想书出版后，能够让生活在贫苦中、亟待力量的人，重新获取对生命的勇气。或许这世上，再有与我同病相怜的人看到它时，能重新觉得，这世界是美好的，自己该好好地活下去。若这样的目的能够成真，我即便不在这个世上了，也会觉得安心。”

十分之一呼吸

〔美〕汤姆·多兰
王鹏　译

我深吸一口气，登上了起跳台。那是 1996 年亚特兰大奥运会 400 米个人混合泳的决赛现场，与我同台的是世界顶级的 7 位泳坛高手，其中一位是我的强劲对手埃里克。

我又深吸了一口气，感觉氧气进入非常缓慢，好像我正在用一根麦秆吸气。我患有严重的哮喘病，还有罕见的气管狭窄症。医生跟我说，这种情况会使我的肺只能发挥 10% 的功能，意味着我仅能呼吸到对手 1/10 的氧气。

我在弗吉尼亚长大，当初第一次跳入池中，仅仅是想超过姐姐。一个寒冷冬日的早晨，12 岁的我在池中来回穿梭，突然感觉胸部受压迫，几乎不能呼吸。其他孩子赶紧围了过来，问我："汤姆，你还好吧？""还好。"我依旧艰难地呼吸着。我没有告诉父母，心想应该是感冒吧。后来有了第二次，我不得不告诉他们，他们立即带我去看医生。医生说这是因为过敏而引起的哮喘，有很多的过敏物质，包括花粉、灰尘，更糟糕的是还有水池中的氯。“一些孩子长大后，哮喘会自愈。”他给我一个急救的喷雾器，“喘不过气时用这个，还不行的话赶紧联系我。”

我的训练一直出状况，我总是生病。但我仍然坚持训练，最后教练让我去看一位医学专家。“你不仅有过敏性哮喘病，而且会出现运动引发的哮喘。”医生说。药物无法维持我高强度的训练，如果减少运动量，又不可能保持顶尖选手的水平。我非常困惑：难道我的职业生涯会因为哮喘病而结束吗？

大二那年，游泳队前往夏威夷进行训练。训练时，我的胸部突然发紧，就像被人用皮带勒着一样。我使劲让自己脱离水面，教练在游泳池边递给我喷雾器，我喷了一下，感到头晕目眩。醒来的时候，我已经在急救室了，通过一个面罩吸入药物。我必须做出选择，如果总是担心出现差错，将一事无成。第二天，我就回到了泳池，投入新的训练。因为游泳是我的法宝。

我站在亚特兰大奥运会的起跳台上，出发的信号枪响了，我和埃里克保持领先，并驾齐驱。“没有人能打败我！”我告诉自己。我奋力拍击水面向终点游去，一触到泳池壁，我就看向记分牌：我领先埃里克 0.35 秒，夺得了金牌！

后来，记者问我：“如果没有哮喘病，你能得多少奖牌？”“也许一块也得不到，”我告诉他，“也许我根本不知道如何克服自身的缺点，疾病给了我把缺点转化成能量的动力。”

我们年轻，阳光免费

谢谢

从 2009 年在西藏认识菜菜至今，正好三年。这三年就像一个轮回，我们一起走过世界七大洲的三十多个国家，拍摄了一套遍及七大洲的环球婚纱照，出版了一本书，念了一个 MBA（工商管理硕士）学位，最重要的，是收获了一份经过旅途检验的感情。

看着菜菜，有时我会觉得愧疚，如果不是跟了我这个穷流浪汉，她也可以像她商学院里的其他同学一样，旅行时租一辆好车，住在豪华的酒店里，享受几十美元一餐的美食。而不是一直走省钱的背包客路线，跟我住在三十几块钱的廉价旅馆，挤在青旅的十几人间，或在野营的帐篷里灰头土脸地自己生火做饭。我们在路上也睡过机场、火车站，还有无数的通宵巴士。她总是会想办法让我们近乎流浪的旅行生活变得有几分情趣。每天早上，菜菜会起来准备一份有蜂蜜和咖啡的早餐，保证我们在旅途中的每一天都充满能量。晚上回来后，我们烧开水，泡上一壶茶，浅酌闲聊。

2011 年元旦，菜菜刚完成在美国第一个学期的学习，寒假回国，我们已经有半年没见面，这半年我一直在中东旅行，在埃及时听菜菜说她要回国，我也赶紧结束自己近一年的长途旅行回国和她见面。回到广州时，我身上只剩下二百五十美元，头发一年没剪，长到及肩处，又很凌乱，带去旅行的三副眼镜都在徒步漂泊时弄坏了，还能戴的一副左眼镜片又从中间裂成两半，再加上身穿宽松扎染的南亚风阿里巴巴裤，活脱脱的一个落魄流浪汉。

当晚我赶到朋友在江门的烘焙坊，做了一个蓝莓芝士蛋糕。第二天清早起来换了一套衣服，我就赶到深圳机场去接菜菜。我们一起庆祝 2011 年新年的到来，去香港看了跨年演唱会，之后，菜菜回上海准备去美国开始新一年的学习，我则浪子回家。往后的半年，我们又只能通过网络和电话联系。

某一天晚上，我们谈起将来。“我也还没有明确的方向，我不想回去做原来的事，现在旅游市场很大，也许我可以去开一家旅行用品专卖店。”我心里没底地回答道。将来，对于一个在二十八岁才辞职去旅行的人来说是不可回避的问题，长期脱离现实社会、漂泊在外的心、囊中羞涩，回归的路显得比走出去更困难。

菜菜沉吟片刻说：“也好，先试试吧。你也可以把之前一年的经历写出来，发到网上。”

我答应了。

我给游记起了个励志的名字，叫“踏出梦想的第一步——一个菜鸟的 2010 年亚非十八国行记”。出乎意料的是，我的游记发布在穷游网上后，居然获得了很不错的人气，每天都有许多人跟帖留言，给我鼓励。

6 月，菜菜完成她的学业回到上海。7 月，我们决定了未来人生最重要的事——结婚。后来我问菜菜，为什么会愿意和我结婚，她说："在美国上学这一年，虽然我们在地球两边，分开了那么久，但以前我们一起在路上的日子，总是历历在目，而且我们一直保持着联系，就好像这一年里，我们从来没有分开过，所以我觉得我们是可以一直在一起的。"

我的想法和她一样。记得钱锺书在《围城》中说："旅行是最劳顿、最麻烦、叫人本相毕现的时候，经过长期苦行而彼此不讨厌的人，才可以结交做朋友……结婚以后的蜜月旅行是次序颠倒的，应该先一同旅行一个月，一个月舟车仆仆以后，双方还没有彼此看破、彼此厌恶，还没有吵嘴翻脸，还要维持原来的婚约，这种夫妇保证不会离婚。"

在两人确定结婚的事后，我们需要解决一个难题——一个潦倒的流浪汉怎样才能说服上海的岳父岳母把女儿嫁给他。这时上天眷顾了我们。

有一天晚上，我们正在上海边逛街边聊怎么跟家长说结婚的事。穷游网给我打来电话说，网站想在微博上发起一个关于"间隔年"的话题，我们的旅行经历正好合适，我们写，他们来转发，发起这个话题。

当晚我们用一条微博概括了过去一年的旅行：

"2010 年我们一起辞职，花十个月四万元，穿越亚非十八国。从不会英语、不懂护照签证，到不用指南书也可游遍中东。最美的旅程，是和心爱的人肩并肩，去看看这个寂寞的世界。最美的人生，不是长辈控制的样子，不是社会规定的样子，是勇敢地为自己站出来，温柔地推翻这个世界，把世界变成我们的。"（不会英语的人特指我。）

我们给这条微博附上照片，发到网上，然后就去睡觉了。微博的文字虽少，却倾注了我们对理想人生最真实的理解。第二天早上起来再开电脑时，我们都被吓了一跳——才一个晚上，已经有过万人转发评论。这条微博的最后转发量达到七万多，进入当日新浪微博排行榜第二位。

这一天是7月19日，正好是我的生日，这是一份特别的生日礼物。所谓“无心插柳柳成荫”，“微博效应”带来的第一波影响是媒体报道，之后几天，我从早到晚不断接受各家媒体的采访。

直到那个时候，我们的父母都还不知道我俩辞职去旅行的事情。我们带着媒体的报道，向父母坦白，并说出我们对未来的想法，所幸长辈们都宽容地尊重我们的决定。

7月30日，我们在上海裸婚。一个大龄、失业、无存款、居无定所的流浪汉，娶了一位在纽约哥伦比亚大学念MBA的上海姑娘。

从我们牵手的那一刻开始，我们的未来就注定了甘苦与共。我在旅行中坚持着自食其力，不寻求商业赞助，书的稿费不算多，我要尽量节省，走的是穷游路线，菜菜一直支持、迁就着我。

一天早晨，我们准备坐车去印度拉达克东部一个叫Tiktse的寺庙参观。清晨从旅馆出来时，因为周围的高山挡住了朝阳，感觉有些阴冷，当车子开到开阔的郊外时，阳光洒遍山间的印度河谷地，透过车窗照到我们身上，晒得我们非常温暖，心情顿时大好。我抓过菜菜的手说道：“刚才晒着太阳，突然想起新井一二三的《我这一代东京人》，里面提到了村上春树的《芝士蛋糕形的我的贫穷》，讲村上春树刚结婚时穷困潦倒，有一句话令我印象深刻，大概是‘我们年轻，新婚不久，阳光免费’。”

我解释道：“刚才晒着太阳，看窗外的风景很漂亮，突然觉得这句话让我产生了共鸣。我们结婚到现在还没有房子，办不起婚宴，连戒指也没能给你买。但我们一起走遍世界各地，我们在复活节岛、巴塔哥尼亚、马丘比丘、古巴，还有南极，像现在一样，享受着世界各地的阳光。

“以后回到朝九晚五的生活，只要我们努力，经济状况肯定会好起来，那时我们再回忆现在这段经历，将会是一种享受。所以我想要写下我们过去一年的生活，这句话是最合适的——新婚一年，阳光免费。”

有些人在名利中迷失了自己，原本以为名利可以给自己带来美好的生活，却往往忽略了身边的美好。其实，这个世界上，不单阳光免费，清新的空气、蓝天白云、亲情和爱情、希望和梦想，所有这些世界上最珍贵的东西都是免费的。很多时候我们做不成一件事，并不是因为这件事真的很难，而是我们不愿意踏出第一步。

永远别害怕自己的声音

——1951 年在密西西比州大学附属高中毕业班上的演讲

〔美〕威廉・福克纳
李文俊　译

许多年前，在你们当中任何一个人都还未出生时，一个聪明的法国人说过：“倘若青年人有知识，倘若老年人有能力。”我们都知道他所说的是什么意思，那就是：当你年轻的时候，你有能力做任何事情，却不知道该干什么。可是后来，你上了年纪，经验、阅历教会了你一切，你却疲倦了，胆子也变小了。你什么都无所谓了，你只想安安静静地待着，平平安安度过余生。除非你自己受到冤屈，你是再也没有多余的能力与心气去管其他闲事了。

那么，今天晚上坐在这个房间里的你们——这些青年男女，以及今天坐在世界各地成千上万类似房间里的青年男女，是有能力改变世界，是可以使它永远免除战争、不公正与苦难的，只要你们知道如何去做以及该做些什么。既然如那位法国老者所说，因为年纪轻，你们不可能知道该干什么，那么站在这里的不管是什么人，只要有满头白发，就应该能够告诉你们了。

但是，站在你们面前的这个人，却没准不像他的白头发所装扮出或想显示的那么老、那么聪明。因为他无法给你们一个八面玲珑的回答，也不能向你们提供一个现成的模式。但是他可以告诉你们下面这些话，因为他相信这些话是对的。

今天威胁着我们的是恐惧，不是原子弹，甚至也不是对原子弹的恐惧。因为如果原子弹今天晚上落在奥克斯福，它所能做的一切无非就是杀死我们，这算不得什么，因为一旦它做了这件事，它也就剥夺了对我们的仅有的控制：那就是对它的畏惧，对它的那份提心吊胆。

我们的危险倒并不在于此。我们的危险是，今天世界上的一些势力，它们企图利用人的恐惧心理来剥夺他的个性、他的灵魂，试图通过恐惧与贿赂，把人降低为不会思考的一团东西——向人提供免费的食物，这不是他出力气挣得的；提供轻易能到手的没有价值的金钱，这也不是他干活换来的。危险的是那些经济、意识形态或政治制度，那些独裁者与政客——美洲的、欧洲的或是亚洲的，不管他们怎样标榜自己，目的都是要把人降低为唯唯诺诺的一团东西，只为自我的利益与权力而活着，或是因为他们自身而感到困惑与害怕。他们害怕或是无法相信：人是有能力的，是可以勇敢、坚忍与自我牺牲的。

那是我们必须加以拒绝的，倘若我们想改变世界，使它让人类能和平、安全地生活下去的话。成为一团东西的人是不能也不愿拯救人类的。能拯救人的是人类自身，他们是按照上帝的形象被塑造而成的，正因如此，才有能力与意志区分正确与错误，并且能够拯救自己，因为人类是值得拯救的——他们将永远相信，不仅是相信人有权利摈弃不正义、贪婪与欺骗，而且有责任与义务去促成正义、真理、怜悯与同情的实现。

因此，永远也不要害怕。永远也别害怕提高你的声音，去赞成诚实、真理与同情，反对不正义、撒谎与贪婪。如果你们，不是作为一个班级或一个阶级，而是作为个人，作为男人与女人，会这样做，那么，你们将改变这个世界。在下一个时代里，所有的拿破仑们、希特勒们、恺撒大帝们、墨索里尼们和其他那些渴望权力且利欲熏心的人们，以及那些仅仅是自己感到困惑、无所适从与恐惧的小政客、小帮凶，他们曾经、正在或是希望利用人的畏惧心理与贪得无厌来奴役人类，这样的人必将从地球上消失得一干二净。

王石在剑桥

王石　口述
杨鹏　记录

“如果说在哈佛有一种熬的感觉，那么在剑桥的感觉很滋润，像梦幻一般。”万科集团董事会主席王石自2013年10月到英国剑桥大学做访问学者3个月之后，这样描述他的感受。

王石在微博上介绍过他某一天的经历：清晨5:30起床，喝一杯果汁，骑自行车8分钟抵达CULRC（轻量级赛艇俱乐部），6:00开始一小时强度体能训练，7:30返回公寓，吃早餐。平时，他在剑桥的路径是“公寓一指导教授一图书馆一学院食堂一就近超市”。环境更适合他读书、思考，更多了一份思古幽情。

王石讲了自己2013年在剑桥的3个故事。

故事之一　华人院士的“中国胃”

剑桥大学有一位颇有成就的华人，在剑桥大学工作十几年，当上了院士，很不容易。但我发现他与学院内其他英国同事缺少交流。我去学习 3 个月，就与英国老师们很熟了，进入了他们的圈子，见面都会熟悉地打招呼。这位华人院士感到很奇怪，问我怎么会与大家这么熟悉，说他自己在剑桥这么多年，与这些英国老师都没有多少交往。这位院士为什么难以进入英国老师们的圈子？我想，是因为华人院士的中国胃。华人院士不吃西餐，每顿饭都要回家吃中餐；而英国老师们多在俱乐部吃饭，吃饭时就是交流聊天的时候，有时一顿晚饭会吃到晚上 10 点。吃饭就是思想和情感交流最好的时候。我每到一个新国家、新地方，都坚持吃当地的食物。想拥抱世界，要有一个拥抱世界的胃。拥抱世界的胃，帮我很快融入了剑桥大学的教师圈子。

故事之二　剑桥的等级森严

在哈佛学习期间，体会到哈佛的自由与奔放。刚到剑桥时，感到剑桥太传统，一个有 800 多年历史积累的学校，清规戒律多，等级色彩重，担心适应不了。随着深入其中，慢慢体会到，这些清规戒律中表现出来的等级森严，不是行政和人格的等级制，而是一种学术等级，是对知识的尊重。例如，只有院士才有停车位，只有院士才有资格在草坪上踏草行走。正式集会场合，从穿着打扮就能看出不同人在知识成就上的等级。这些传统，有的是正式制度，有的是约定俗成的。剑桥的等级制，是学术等级制，是对知识贡献者的尊重。剑桥大学里对知识贡献高度敬重的氛围，有一种特别的文化力量。

故事之三　在剑桥始终如在梦中

在剑桥，有种做梦的感觉，似乎现在仍沉浸在梦中。我喜欢划赛艇，在波士顿参加过比赛，在日本参加比赛还得过奖。一天，院长对我说：“听说你喜欢划赛艇，你在剑桥当访问学者期间，愿不愿参加赛艇俱乐部？”我说好啊。院长就做了安排，告诉我何时何地去找谁训练。我按照院长的指示去了，他们没有让我下水划，而是先接受训练。教练训练了我一个半小时，那个累！很久没有这样累过，腿都抽筋了。训练完后，我推着自行车，一拐一拐回宿舍，嘴里哼着歌——是哼着歌回去的，那个舒畅。我从来没有参加过这样的训练，这种训练方法太好了！我跟别人说起这事，人家说：“剑桥有三十几个俱乐部，你查一下那个俱乐部的情况。”我就上网查了一下，“剑桥大学赛艇俱乐部”有百年的历史，有世界最高水平的赛艇队，是出世界冠军、奥运冠军的俱乐部。你说，这是不是在做梦？

走过一个学院，那是“三一学院”，那里有棵苹果树，那棵启发了牛顿的苹果树！那是牛顿走过、停留过的地方。我现在还在梦中，还没有从梦中缓过劲儿来……

丁丁和苋菜

张春

丁丁是一个做事很慢的人。她一次只能做一件事，而且进行得很慢很慢。

她喜欢在字的下面画出均匀而平直的直线。读书的时候，她能用红色和蓝色的圆珠笔，把笔记记得很好看。她有时候觉得自己是世界上最懂得红色之美的人。怎样将各种各样的红色和其他的颜色搭配成另一种颜色，怎样保证细的线坚挺笔直，一条线要画多宽、多长才是好看的，这些实验总是令她心动不已。

爸爸妈妈以为她喜欢画画，就送她去学。可是她只会画直线，而且只喜欢红色。所以她无法按老师的要求，画出那些具有立体感的石膏像。后来甚至因为又要被送去画画，小小的她紧张得彻夜不眠。每次去的路上，她都浑身冒冷汗。头发冰冷地贴在额头上，她来不及慢慢伸手拂去，因为作为一个很慢的人，每时每刻要她忙的事情都显得太多了。

尽管她能用红色的笔写出最美的笔记，但是那却没有用处。她考试从来都考不好。

手工课上，大家可以做出小花、小动物，甚至是可以开合箱门的小冰箱。她只能把一块橡皮泥搓成一条。但那是完美的一条，从头到尾均匀细腻，没有凸起或凹陷，也没有裂缝。而最后一个步骤，是用一根塑料笔，擦掉那一条泥上最后的指纹。

无论别人怎样叹息，她暗地里总觉得是满意的。但那种满意也不得不藏起来。因为那完美的一条橡皮泥，比起小花、小动物和小冰箱来说，的确太简单了。

也曾有一位老师，赞叹说那是多么美丽的一条橡皮泥。她热情地说："丁丁，不如我们给它起个名字吧？"丁丁知道，她并不是真的喜欢它，她只是想结束这件事。而当她热情地拿起那条橡皮泥来端详，把新的指纹印上去时，丁丁心痛不已。同时也更加确认，她并不真的知道它美在哪里。

慢慢地生活，是不被允许的。在丁丁 10 岁的时候，她就知道了。

可想而知，工作以后的生活更加艰难。丁丁的细致和微小，只能刚好为她挣够生活所需，每个人都对她摇头叹息。那是非常艰难的日子。

直到那一天，她在垃圾箱边遇见了一位黯然神伤的主妇。那主妇倒掉了一整盘煮熟的苋菜，因为家人抱怨，每一口都吃到了沙子。

苋菜虽然味道鲜美，却是很难洗的菜，它会时不时迸出硌牙的沙子。丁丁突然明白自己要做什么了。第二天，她洗好了一把苋菜，在那个垃圾箱边徘徊，她将它送给了那个主妇。"这个请拿去，我洗好了，这是绝对不会有沙子的苋菜。"丁丁眼睛里闪耀着令人信服的光彩，仿佛送出的是自己最爱惜的礼物。

后来那个主妇在垃圾箱边又找到了丁丁。她说："上次的苋菜太好了！

你怎么能洗得那样干净。可以再帮我洗一次吗？”

再后来那位主妇的朋友们也请丁丁帮自己洗苋菜。

苋菜的菜茎虽然看起来是完整光滑的一整根，但其实它并不光滑。即使是新鲜的苋菜，也会藏有非常细、非常细的沙子。所以当人们在苋菜里吃出沙子时，只得吐掉整口的食物。此外，苋菜的菜茎上伸出许多嫩叶，要把那夹缝里的沙子洗干净，同时又不能掰坏嫩叶，就必须用只有一排软毛的婴儿牙刷帮忙。

苋菜的颜色非常神奇，翠绿色的边在深红色周围围成一圈形成叶子。菜茎坚挺修长，根部又回到偏紫的粉红。不管怎么煮，苋菜总是吐出美丽的红色，柔弱而多情。

“小孩子喜欢用它的汤拌饭，因为喜欢红色的米饭啊！可是洗不干净不禁感到很担心，有你帮忙真是太好了！”

如今丁丁有了一个电话，她终于能够收到礼貌而渴求的话语：“那个，请帮我洗洗我家新买的苋菜吧。再也不想吃都是沙子的苋菜了。除了你，实在没有人可以将它洗干净了。”

丁丁就这样得到了很多主顾。

每当将一棵棵苋菜洗得干干净净的时候，丁丁感到自己不再害羞，她的脸也不再忧愁苦闷，她可以挺起瘦弱的胸膛，捧着洗干净的苋菜，眼睛里闪耀着动人的光。

即使有许多人在丁丁的背后，用精美的手指点着她的后背说：“你，格局太小！”

即使世界这样放弃了丁丁，只要她还拿着一把苋菜在认真清洗，就可以勇敢并骄傲地说：“我还没有放弃你哦，世界。”

孤独是她旅途的开始，也是完美的终点。是诅咒，也是祝福。

浦东机场送别那一刻

明前茶

在机场，每天都上演着不同的故事，或是亲人久别重逢的喜悦，或是离别的依依不舍。即使在平静的面容下面，也经常隐藏着不一样的惊心动魄。

那天，17 岁的女孩儿将出国，家中四位至亲一起送她到浦东国际机场。天空阴沉，细雨霏霏。行李六大包，做长辈的都舍不得让那孩子自己拎到托运柜台，但所有的人都明白，到加州转机时，这六件沉重的行李，将不得不由这个单薄的女孩子独自一人连拉带拽，运到另一个托运柜台，随她转机去纽约。

在候机大厅等候的这两个小时，对孩子的父母来说，可能是一生中最漫长、焦虑和英雄气短的两个小时，空气中充满了小心翼翼的僵持感。孩子的妈妈一直缄默不语，只有爸爸和女儿间或交谈几句，说的也是说过几百遍的话：“事到如今，已经来不及后悔。”

“我从来没有后悔过。”

“都准备好了？没落下啥东西？”

“没落下，连那套理发推剪都带上了。老爸，你还不相信你女儿的适应能力？”

随后，我留心到一个细节：这孩子通过登机通道时，就没有回一下头。

这是一场注定不对等的目送，离去的人满怀憧憬，送行的人失魂落魄又强装镇定。我目睹那个父亲默默地拥抱妻子——中国人，也只有在这等“生离”的当口，才懂得用身体语言安慰他人吧。我听到他反复说：“她连理发都会了，你还担心什么？据说中国学生会炒一大碗蛋炒饭，就能在美国把来自五湖四海的留学生都‘hold 住’（吸引住、掌控住）。”

妻子破涕为笑：“看看你的头发，你女儿这手艺，能算出师了吗？”

我这才注意到那位父亲，一身儒雅装扮，头发却理得像小兵张嘎——两鬓青白，几乎露出头皮，中间部分的头发却像芦苇一样茂盛，垂下来的刘海儿还滑稽地攒出一个桃尖。

“看你说的，女儿不拿我这脑袋当冬瓜练手，还能拿谁的脑袋练手？你还说我，看看你这狗啃一样的刘海儿……”

妻子拨开他的手，嗔道：“你不懂，这种犬牙交错式的刘海儿是今年的大热门，你没有翻过时尚杂志呀？T 台（模特穿时装走的展示台）上的名模，都是花了 500 美元才剪出这种调皮的效果。”

一语未了，做妈妈的忽然开始沿着候机大厅的落地窗奔跑，原来她看见停机坪的那头，摆渡车已经在下客，她想离得稍近点儿，看着她的孩子登机，看看她有没有回头张望。

果然看到那女孩子，登机时她开始犹豫，甚至往下跑了几级，往这边看。当妈妈的明知她听不见，仍然拼命敲打玻璃幕墙，几乎引来了保安。然后那孩子似是硬起心肠，迅速钻入飞机，看不见了。

两分钟后，爸爸的手机响了，孩子关机前发的最后一条短信到了，爸爸念给所有在场的家人听：“虽然前程未卜，但是爸爸妈妈，别忘了这两个月中，我学会了洗衣、做饭、修剪草坪，学会了拆洗被褥和窗帘、摆摊卖书、烘烤西点，并给你们理了最难看的头发，我将凭借我在集训课上学到的去应对所有的困境。请发笑脸给我，我只需要鼓励。”

我目睹为她送行的亲人都掏出手机发笑脸给她，在她独自走向异国他乡之前。精神上的断乳是如此困难，就如同心上用血肉做的绳索被生生拽断，但这一天终将到来，到了那一刻，请不要哭着走，一定要笑着走。

向日葵心态

〔新加坡〕尤今

新加坡 14 岁的少女陈莉宣，课余常常到家人经营的摊子上帮父亲用机器榨取甘蔗汁。这一天，很不幸地，她的右手掌不慎绞进快速转动的机器中，拇指、食指和中指硬生生地被绞断了，掌骨也碎了。原本碧绿悦目的甘蔗汁，转瞬就变成了狰狞可怖的猩红色。那天，刚好是冬至，母亲已在家里准备好甜滋滋的汤圆，愉悦地等着父女俩回来共享，万万没有想到，等来的竟是这样一个血淋淋的坏消息。

经过急救之后，食指和中指未救回；医生将右脚趾切下，驳接为右拇指。

陈莉宣的祖母含泪说道：“孙女乖巧懂事，意外发生时，很镇定，连一滴眼泪也没掉，到了病房后，才哭了一场。”然而，最让我惊叹的，不是她不哭的极端坚强，而是她以平常心面对厄运的那种充满阳光的“向日葵心态”。

意外发生后，她的父亲笼罩在恐惧的阴影中，一直无法再开摊做生意。那个他赖以养家糊口的榨甘蔗机，成了他心中的魑魅魍魉。是陈莉宣，勇敢地让父亲返回正常的生活轨道。

她亲自带他去开摊子，在他面前重新启动那台带给她巨大灾难的机器，当绿色的甘蔗汁像小小的山泉一样流泻出来时，她脸上的笑容饱满灿烂，一如向日葵。才 14 岁，便已展示了一种“兵来将挡，水来土掩”的大智大勇。

当厄运给肉体和精神带来无可弥补的巨大伤害后，一般人都选择逃避——不去想、不去看、不去接触；当逃避不了的时候，他们也许会陷入抑郁中，万劫不复。

然而，陈莉宣选择冷静地面对。

机器不是洪水猛兽，心里的恐惧才是。唯有克服了心理障碍，日子才能如常地过下去。

谢谢你出现在我的生命里

爱，从来都不是谁焐热了谁，而是彼此温暖、彼此成全。

送你一只喵

大冰

一

所有的人都在看着他，看着他被妈妈拎着耳朵，踉踉跄跄地往学校大门外拖。

终于到学校大门外了。

小孩儿忽然央求：“妈妈，妈妈，给我买只小喵吧？”

妈妈：“你嘛时候不打同学了，嘛时候再来和我提要求。”

小孩儿说：“我不是故意的……他们都不跟我玩儿。”

妈妈重新揪紧他的耳朵，把他提溜起来一点儿，一根手指杵在他的脑门儿上，一下又一下地戳着。“人家为嘛不跟你玩儿？！不跟你玩儿你就揍人家吗？！土匪吗你？！怎么这么横啊？！你还真是家族遗传啊！”

小孩儿两只手护住脑门儿，隔着手指头缝儿，轻轻嘟囔着：“给我只小喵吧。”

他抿着嘴，拧着眉，噙着两汪眼泪……火辣辣的耳朵，酸溜溜的鼻子。“买只小喵陪我玩儿吧。毛茸茸的，软软的，小小的。小小的小喵，一只就够了。”

……

掉了漆的绿板凳，小孩儿已经木木呆呆地坐了大半个钟头了。

他怯怯地说：“爸爸，给我买只小喵吧……”

爸爸头也不抬地回骂一句：“买个屁！滚！”

到处都是玻璃碴子：镜子上的，暖水瓶上的，电视屏幕上的……

爸爸蹲在一地亮晶晶里，忙着撕照片。一本相册撕完了，又撕一本相册。结婚证早就撕开了，还有粮本和户口本。

妈妈摔门的动静好像炸了一个炮仗，小孩儿竖起了一身的汗毛，良久才渗出一脊背冷汗。汗把的确良校服衬衫黏得紧紧的，小孩儿被包裹其中，紧绷绷的。他一动不动。

天已经黑了，家里的灯却没有开。他不敢开灯，摸着黑找到自己小房间的门把手，邻居家的饭香隔着纱窗飘过来，是烧带鱼和蒸米饭吧……他咽咽口水，背后只有“刺啦、刺啦”撕照片的声音。

成人在成人世界中打拼挣扎时，时常会因挫败而沮丧无助，进而心生厌离。孩子不是成人，眼里的世界就那么大，一疼，就是整个世界。

二

每天放学，小孩儿把自己搁在床上，不肯出门。

为什么别人家都有爸爸妈妈，而他却只剩妈妈了呢？他开始失眠，开始控制不住自己的脑袋，他摸着床单，胡思乱想，陷入一环套一环的洞穴中不能自拔。

同时控制不住的，还有自己的拳头，在学校打架的次数愈发多了。所有人都说他是个罕见的战斗儿童，易怒、暴力，随时随地乱发脾气。没人喜欢和他说话，除了妈妈之外。妈妈和他说话也总没有好气儿，看他的眼神也总是忽冷忽热。

他不知道自己做错了什么，她也不知道自己做错了什么。

每天只有一个时间她是和蔼的，每天凌晨之后、清晨之前，她将醒未醒时最温柔。

小孩儿熬夜等到凌晨之后，抱着枕头跑到妈妈的房间，贴着妈妈的脊背躺下。

“妈妈，妈妈……”他抱着妈妈的后背小声说，“给我买只小喵吧。”

声音太小，妈妈迷迷糊糊的，听不清。

他在白天是不敢说这些话的，妈妈是个爱干净的人，不喜欢带毛发的东西。

他用力挤进妈妈的怀抱里，从 1 默数到 1000，然后依依不舍地离去。

失眠加熬夜，小孩儿的暴力倾向越来越严重，从每天打架演变成每个课间打架，几乎成了一种病态。老师和妈妈把他送到了天津市儿童医院，她们怀疑他有病。最终小孩儿被确诊为多动症患者。小孩儿开始吃那些治疗精神病的药，吃了很久，反应越来越慢，架倒是打得少了，但一打起来反而比之前更厉害，不见血不算完。

有一天，在追打途中他晕倒了，眼前一片白，没有了任何知觉。醒来后他躺在妈妈怀里，妈妈在哭，哭得撕心裂肺，从此停止了给他喂药。

过了很久。有一天妈妈出奇地和蔼，她平静地说她要出差几天，让小孩儿先搬到奶奶家住。小孩儿自己收拾好行李，出门前却被妈妈喊住，她看了他很久，说："走之前，妈妈带你出去玩一天吧。"

妈妈拽下他的行李扔到一边，带他去吃麦当劳，带他去北宁公园玩儿。

小孩儿那时在生病，腮腺炎，脸肿得像包子。

妈妈说："北宁公园里还有哪些设施你没有玩过？跟妈妈说，妈妈今天全带你玩一遍……"

妈妈带他去买衣服，买了春、夏、秋、冬四季的很多衣服。

买完童装又买少年装，甚至买了一身西装——一大编织袋的衣服，足够他穿好多年。

妈妈发疯一样地花钱，从百货大楼到天津劝业场，她拖着他跑，好像在和什么东西赛跑。

小孩儿跑着跑着哭起来，一开始小声哽咽，忽然间号啕大哭起来。他哭着喊："我高兴得要死了……妈妈，你是喜欢我的！"他仰着肿得像包子似的脸说，"妈妈，我知道你要离开很久，抽屉里的护照我都看见了，外国字的邀请信我也看见了。"他掏口袋，掏出一本护照递给妈妈。一同掏出来的还有一盒火柴。"妈妈，我本来想烧了护照不让你走的，我舍不得你。可是，我知道了妈妈是喜欢我的……我也喜欢妈妈，所以妈妈走吧，不管走多久我都喜欢你。"

妈妈改签了机票，改签了几次，终究还是走了。

人生中第一次去飞机场，是给妈妈送行。他站在熙攘的人流中大声喊："等我长大了，我找你去啊！妈妈，不要生别的小孩儿啊！"

回到奶奶家时，小孩儿几乎崩溃了，他摸回自己的新卧室，伏在熟悉的床单上。

身下好像压住了一个陌生而柔软的东西，他翻身起来，只看了一眼，泪水便再次噼里啪啦往下落。“小喵！”他紧紧地抱住它。

它睡眼惺忪地打了一个哈欠，然后温柔地看着他。毛茸茸的、软软的、小小的小狸猫。

“小喵，小喵，我的小喵……”他抱着它在屋子里打转，又哭又笑。

三

小猫陪了小孩儿许多年，像家人一样。

有时候早晨小孩儿醒来，看到小猫睡得仰面朝天，肚皮一起一伏。他再没失眠过。

有时夜里小孩儿想妈妈，哭着惊醒，怀里总不是空的，小猫毛茸茸的脑袋蹭在脸上，吸泪、安神。

小孩儿 16 岁时，爷爷奶奶要卖房子，他搬了出来，拖着一床被子和一大箱子衣服，带着小猫。小孩儿需要吃饭，也要让小猫吃饭，他借了张 18 岁朋友的身份证，跑去天津滨江道步行街上班。他租住在沈阳道的一所老宅里。

滨江道小雪飞扬，冬天来临。可他没有过冬的衣裳，妈妈当年给他买了好多衣服，但只顾了他的身高，忘记了青春期的孩子会长胖。

滨江道有很多老头儿老太太摆地摊儿，他加入他们的行列，卖起了槟榔和袜子。袜子放在铺在地上的床单上，城管来了卷起来抱着就跑。他也遇到过流氓找碴儿，拿了东西不给钱，小孩儿理论，他们抬手就是一个嘴巴子，肩窝里咚的一拳。小孩儿被打急眼了，抡起马扎子拼命，但他毕竟势单力薄，被打得滚藏在路旁的车底下。一回头，小猫挨着他，一起瑟瑟发抖。

小孩儿那时候认识了一个老师，教吉他的，50 元钱 1 节课。小孩儿那时的人生目标只有两个：自己和小猫能吃饱；自己能学会弹吉他，将来靠音乐吃饭。吉他课一周有 4 节，他每天和小猫一起摆摊儿的时间越拉越长。

天津的冬天非常冷，他的手生满冻疮，练琴时速度跟不上，老师骂他不专业，让他平日里戴手套保护好手。要摆摊儿就不能戴手套，戴手套怎么找钱？手不摸钱的话容易收到假钞。半个冬天过去，他的手烂掉了。

狗会舔人的手，没想到猫也一样。摆摊儿时，小猫凑过来，脑袋搁在他的手上。小猫的舌头是粉红色的，它一口一口舔着他手上冻伤的地方，麻酥酥的。他看着小猫舔他的手，腾出一只手来抚摩小猫背上的毛，它岁数很大了，毛色已没有过去那么光亮……

一周后，老师对他说，自己想在建昌道开家琴行。老师客气地问他，愿意不愿意来琴行上班，这样既可以练琴，又能挣工资。他搓着手，高兴得不知如何是好，一不小心搓到了手上的伤，疼得倒吸冷气。老师用一种复杂的眼神盯着他……

老师指着他的怀里说：“你来琴行上班时，可以带着你的小喵。”

四

几年后，小孩儿艺成，他当过婚庆歌手，也当过店庆歌手，还当过夜总会歌手，不论去哪儿上班，他都带着小猫。

小孩儿叫王继阳，1989 年生。

小猫死后，他曾伤心过数年，曾一度背着吉他浪迹天涯，但万幸，他没变成坏人。

他曾在许多地方驻足，采风写歌。

到西北时，在甘肃省天水市清水县白驼镇下车……他发心动愿，抱着一把吉他跑遍中国，帮扶了一所岌岌可危的山区小学。他刚开始在我开的酒吧里当歌手时，自己的专辑卖得很热，当时我并不知道卖碟的钱中的一大部分，是攒来给他的孩子们买面粉的。

后来辗转得知，化岭村小学的老师们感念他的善举，非要让他当名誉校长，还要给学校改名叫“继阳小学”。提起这所千里之外的山村小学，他开玩笑说：“我算个什么校长，我才读过几天书啊，帮助过那所小学的人有好多呢……我只是孩子们的小喵而已。”停了停，又说，“他们也是我的小喵。”

那所学校有 63 个孩子，63 只小猫。

春末的一天夜里，王继阳唱完《小猫》，毫无征兆地向我辞行。他抱着吉他，笑嘻嘻地对我说，他要去厦门了，不回来了。

临走时他说：“我不知道我算不算好人，但最起码我没变成一个坏人……其实，对于我们这种孩子来说，自暴自弃不过是一念之间的事情，而挽救我们的办法其实很简单——一点点温情就足够了，不是吗？”

他说他已经很多年没有见过妈妈了，听说，妈妈回国后住在厦门。

“我早已经长大了，妈妈也快变成个老人了吧？也不知道她现在过得好不好……留给我们的时间不多了……或许，妈妈现在需要一只小喵。”

当你读到这篇文章的时候，王继阳已定居在了妈妈身旁。

一个久违的妈妈。

一只久违的小喵。

弟弟的背影

〔日〕金广贤介
孙畅　译

我上小学时，不论是体育还是学习都格外出色，是班里说一不二的领导人物。我在社团活动里加入了篮球队，当上了队长。当时对我言听计从的人可不在少数，其中最听话的要数我弟弟史也。

当时不论我说什么，史也都乖乖地听从，从不反驳。我有时命令他去买点心，有时让他去按某家的门铃，不按到五十下不许离开，各种各样的恶作剧让他干了许多。即使他一开始说不愿意，可是最后还是按照我说的去做了，因为他清楚姐姐的命令不可抗拒。和身体强壮、就算打架也很在行的我不同，史也是个身体瘦弱的小男孩儿。

当然，我并非净欺负他，我也教了他很多生活中必不可缺的常识。“听姐姐的没错。”这是我当时的口头禅。

升入初中后，我正式开始打篮球了。我所就读的初中有在当地篮球比赛中屡次夺冠的强队，在初二时，我成为正式选手，开始参加比赛。

每次周末比赛时，父母就会丢下祖传酒铺的生意，来为我呐喊助威，这是我最开心的事，所以我就更加飘飘然、更自大了，也强求弟弟史也来观看我的比赛。可是，弟弟对篮球丝毫不感兴趣，甚至连规则都不懂，一直都是呆呆地张着嘴巴看我比赛。

然而，称心如意的人生就此定格。上初三那年的 6 月，也就是最后一次夏季比赛的前夕，我遭遇了车祸。那天由于下大暴雨，能见度非常低，我也觉得撞我的那个司机非常倒霉。但是，这一撞伤到了我的脊椎。

我的人生因此发生了天翻地覆的变化。首先，对我最大的打击就是不能参加喜爱的体育活动了。当知道再也不能打篮球时，我哭得昏天黑地。不仅不能打篮球，甚至想挪动一下身体也比登天还难。

由于住院时间太长，我回到学校后，上课的内容一点儿都听不懂了。这是对我的第二大打击。中考迫在眉睫，我本打算努力学习，拼搏一把，但我想去的那个高中不接收行动不便的残疾学生。我实在难以接受，一点儿自信都没有了，我变成一个忧郁内向的孩子。父母非常担心，每天早上父亲推着轮椅送我到学校；母亲帮助我去厕所、洗澡等；小我一岁的堂妹和我在同一所学校，她也是处处为我着想，每到课间休息就来看我。虽然非常感谢所有人对我的关心照顾，但是这些使我感到无比痛苦。

是的，还有一个家人没有登场呢。与以前相比，看到现在毫无生气与活力的姐姐，弟弟会怎么做呢？

史也总是手足无措、扭扭捏捏地凑到我身边，一边时不时地瞧瞧我，一边像只忠诚的老狗一样一动不动地待着。是的，他正等着我的命令呢，因为他是一个不会自己主动做事的孩子。

我一看到他，心里就很烦，一直都当没看见。有一天我终于忍不下去了，生气地对他说："你真是个碍眼的家伙，快走开。我再也不会对你说什么了，你已经不是小孩子了，就不会自己干点儿什么吗？"

我也觉得自己说得很过分。但是，一个完全依赖坐着轮椅的姐姐的男孩儿，将来会有什么出息？史也强忍着没有哭出来，但自那以后只要没有事情，他就不会再到我身边来了。

不久，总算找到了可以接收我的高中，可是当时的我对自己的人生已经不抱任何希望。不论是医生，还是理疗师，他们说的每句话听起来都像谎言。我觉得学校的老师和同学是不会理解我的痛苦的，所以从心底里就拒绝了他们的好意。就算是对没日没夜照顾我的父母，我也没有向他们打开心扉。

小我三岁的史也，在我进入高中的同时也升入了初中。有一天晚饭时，他在饭桌上非常自豪地说："我参加了篮球队。"父母一听非常吃惊，做梦都想不到干枯瘦小的史也能够主动加入篮球队。于是父母不痛不痒地说："噢，不管怎样一定要坚持下去啊。"

我默默地吃完了饭，心中却并不平静，那股怒气在我胸中上下翻腾——偏偏选择我喜爱却不能参加的体育运动，这个愚蠢、呆笨、反应迟钝的弟弟到底在想什么呢？

我觉得没有毅力的史也坚持不了三个月。但是出乎意料，每天晚饭时，他都要兴高采烈地谈论一番篮球队的事。什么"今天练习了近距离投篮"，"三年级的师兄表扬我的运球"，等等。

一听到他说这些，我就心情烦躁。这大大地出乎了我的意料，不，不只是我，其实是出乎全家人的意料，他不但没有退出社团活动，球技好像也在不断进步。在初一那年冬天，他竟然被选作新人挑战赛的选手。

那时我真是心有不甘，我认为应该一直做我跟班的弟弟，居然超越了我。

我的脚还是一点儿都不能动，用手摸呀、拍呀，甚至是用铅笔扎，都没有一点儿知觉。

和我比赛时一样，在史也比赛时，父母也会去给他呐喊助威。我没有去，我才不去给那个家伙助威呢。不知是不是为了照顾我当时的心情，在家里父母和史也谁也没有谈论过新人挑战赛的事情。

但是，即便如此，我也没能按捺住内心的怒火。终于有一天，我对史也大吼起来：“史也，你考虑过我的感受吗？”我这样一说，他愣了一下。我继续说：“哼，为什么你偏偏选打篮球？可恶至极！”于是，史也略微思考了一下，厚着脸皮愚蠢地解释道：“等你好了，我们就可以一起打篮球了。”

我一听这话怒发冲冠：“你知道你在说什么吗？我的腿治不好了，你这个浑蛋！”紧接着，我把能想到的所有脏话一股脑儿地骂了个够。一直等到我骂够了、解气了，他才慢慢地对我说：“真对不起，姐姐，并不是那样的，我只是想追赶上你罢了。我以前经常去看你的比赛，球场上的姐姐非常潇洒帅气，我早就把姐姐当成自己的偶像了。”

我没想到他会说出这样的话。我的愤怒消失得无影无踪，取而代之的是心中久久无法平静的震惊。我以为他只会张着嘴巴发着呆看我比赛，却没想到他竟然这么认真。那个瘦弱的、什么都不会做的弟弟，不知不觉间竟然有了如此明确的目标。

从那天开始，我的内心悄悄发生了变化。在我心中，星星之火被点燃了。

我的伤被认定为一级，虽然复原的希望很渺茫，但还是有行走的可能。因为大家都没有实际的经验，所以也不是很清楚。在腰以下几乎不能动的状态下，即使医生说“你有可能会重新走路，不要气馁，一定要加油坚持下去哟”，我也不会天真地认为有那样的可能。但是，史也说的那些话我是无论如何也不会忘记的。

“球场上的姐姐非常潇洒。”那些给人无限希望的漫画书上的励志故事，或是在医学上多么确切有根据的说明，都不及弟弟这句话让我心潮澎湃。我想找回潇洒帅气的自己——篮球来回飞舞，球场上回荡着球鞋发出的“啾啾”的摩擦声，无人能比的自豪感。

最初会动的部位是脚趾尖。那时我绝没想到车祸过去一年之后，身体还能恢复知觉。这件事对我来说是件大事，我相信会有奇迹发生。

接着便是支起腿进行站立练习。这可真是太难了，即使现在想起这件事都感到非常恐惧。我抱着破釜沉舟的决心，想象着用自己的腿走路是多么潇洒帅气的事情，努力坚持着。

自从能站起来之后，周围人的态度就有了一些变化——父母明显变得乐观了，朋友们也对我说“真了不起啊”，虽然我仍然不去给史也助威加油，但他已经不再避讳我，经常在饭桌上谈论比赛的事情。我嘴上不说，但在心里为他感到高兴，也从他那里获得了勇气。

以前那个只会跟在我后面的跟屁虫，不知不觉间已经将我超越。那个瘦小的背影不仅变得高大威武，还带领我坚定地向前走。我不愿输给不断进步的弟弟，一心想追赶上那个背影。

终于开始练习走路了。首先要锻炼可以支撑我走路的肌肉，使僵死的肌肉完全恢复活力。我在脚上戴上一个辅助工具，抓住左右两根横杠练习向前走，可以说是拼尽了全力。令人最窝火的是不能按照自己的意愿移动身体，为此我不知哭了多少次。每当这时，我就会想起史也说过的话，想重新找回帅气的自己。

高三那年春天，我可以拄着拐杖走路了。那时史也上了初三，当上了篮球队的副队长。

我没能参加初中的最后一次夏季比赛。史也他们却取得了地区比赛的胜利，进军到了省级比赛。比赛采用两天淘汰赛制，第一天的两场比赛他们都取得了胜利。父母像以前一样，就算是营业日也临时关门，精神百倍地去观战。那天晚上，史也对我说：“姐姐，明天去看我的比赛吧！”其实，我早已预感到史也会来邀请我。

我当然去观战了。虽然必须用拐杖，但是能这样走路也是托弟弟的福，我从心里感激他。说实话，我其实一直都想去观看比赛，但以我争强好胜的个性，他不邀请我，我怎么好意思去呀。

久违的体育馆仍然让我浮想联翩。在那里，我见到了好几个原男子篮球队的朋友，大家见到能用拐杖走路的我，都惊讶地说：“真是太好了！”

球场上的史也威风凛凛。他大声鼓舞队员的样子，还真像一名副队长，那个总是战战兢兢的软弱的弟弟完全不见了。

正在看台上专心观看比赛时，女子篮球队的技术指导村野老师来到我身旁——他是曾经照顾了我三年的恩师。

“宽子，能走路了呀，真是太好了！”

村野老师的这句话触动了我内心最柔软的部分。因为他是车祸后最担心我并多次来探望我的老师。尽管如此，当时的我却采取了排斥的态度。“村野老师，真的太感谢您了！”我真心表达了感谢之意，同时又有点儿难为情，就指了指史也说：“今天弟弟参赛。”村野老师好像知道似的，说：“你弟弟啊，刚参加篮球队时是打得最差的！”因为和男子篮球队的训练场是挨着的，所以他经常看到史也。

我笑着点头回答道：“是那样吧！”

但是，接下来的内容完全出乎我的意料。

“史也因为打得太差，同学和技术指导老师都对他说：‘快别打了，放弃吧。’他却说：‘不，我一定要打。’他早上练，午间练，放学后没有社团活动时练，即使集体训练后也一直在练习，不厌其烦地练习跑动、投篮时的步法。”

第一次听到这些，我简直不敢相信。因为，史也每天都很高兴地谈论社团的事情。我反问道：“真的吗？”

“是真的。由于好几个队员受伤，史也虽然参加了新人挑战赛，但是第一次出场时实在是惨不忍睹啊！”

脑海中闪出了一年半前的记忆。“我，被选出参加新人比赛啦！”史也兴高采烈地告诉我们。但是他没有说是替补队员，也没有说是因为很多队员受伤。

如此说来，观看新人比赛后父母回到家一句都没谈论当时的事情，并不是照顾我的心情，而是照顾比赛打得一点儿都不好的史也啊。

村野老师所讲述的实情与我想象的截然相反，我一直认为，史也和我有着同样的运动天赋。没有的那部分天赋只能用费尽心血的努力来弥补，史也一步一个脚印努力练习的身影浮现在我的脑海。

“史也紧紧抓住高年级的同学、技术指导老师，向他们学习，每天都练到快要晕倒。大概是他初二那年的 5 月，他突然噌噌地开始进步了。宽子也练过体育，应该会明白，有那样的时候，一旦超过某个点，一下子就突飞猛进，现在他已经是球队里不可缺少的灵魂人物啦。”我把目光投向赛场，这三年一直给我勇气的那个坚强的背影再一次映入我的眼帘。我的眼泪夺眶而出，根本停不下来。

我的弟弟，在姐姐不知道的时候，不知不觉间已经成长为这样一个善良坚强的孩子了。

现在我的父亲病倒了，母亲要照顾他，所以我要当一阵子酒铺老板。

父母吃了不少苦，这样做算是我最低限度的孝顺了。

我还要戴着辅助工具才勉强能走，所以我不能搬起啤酒箱子什么的，也不能长时间站立。但是，店里的事情没有我不知道的，所以我觉得自己一定可以胜任。

其实，刚开始史也也打算代替父母经营酒铺。他打算瞒着家人退学，我知道后，逼问他退学的原因。到最后，他才说：“因为姐姐战胜了那么大的伤痛，经过不懈的努力，终于当上了小学老师，好不容易实现了自己的梦想。”我对他说：“你不是也有梦想吗，所以这次该我帮助你了。”是的，这次轮到我扶持史也了，必说的台词就是：“听姐姐的没错！”

妈妈的礼物

玄圭　编译

2014 年 3 月，一本名叫《会做饭的孩子走到哪里都能活下去》（日本名《小花的味噌汤》）的书，让全世界无数人为之感动落泪。该书作者是来自日本的一家人，爸爸安武信吾、妈妈千惠和女儿阿花。爸爸是日本新闻社的一名记者，女儿阿花今年 11 岁，就读于日本福冈立草江小学 4 年级。而妈妈千惠，则在 6 年前离开了人世。那一年，阿花刚刚 5 岁。但对于一位曾用心陪伴、爱护并教会了女儿“世间最了不起的本领”的妈妈来说，千惠走得了无遗憾……

人生至宝

2001 年，阿花相恋多年的父母走入了婚姻殿堂。那年，父亲安武信吾 38 岁，母亲千惠 26 岁。千惠是乳腺癌患者，结婚前刚做了手术。医生当时给她的建议是：必须挨过 5 年，确保癌症不再复发后，再考虑怀孕生子。

尽管丈夫做好了充分的准备，为了妻子的健康，打算这辈子都不要孩子，但是，千惠却在偷偷地做着“拼掉性命也要为他生个孩子”的准备。结婚一年后，千惠怀孕了。她一个人去医院检查，看到自己和孩子的各项身体指标都非常正常，千惠喜不自禁。怀孕第 100 天，千惠才对丈夫吐露秘密：“再过半年，你就要当爸爸啦！”

安武信吾什么都没说，这个年近 40 岁的男子，从那以后，每天早上都会陪妻子吃完早餐后再去上班，无论加班到多晚，他都会回家。2003 年 6 月，女儿阿花出生了。看到女儿的那一刻，千惠哭着说：“这一刻，我知道还有比我自己更重要的人生至宝。因为，孩子的到来，证明了我曾来过这个世界……”

满心沉浸在女儿到来的喜悦里的安武信吾，并没有从妻子的这句话里听出厄运再次来袭的信号。而且，从怀孕到生产，再到刚 8 个月的女儿学会叫“妈妈”，千惠的身体状况一直都很好。但是，2004 年 5 月，千惠在所执教的学校（千惠是音乐老师）组织的例行体检中，被查出乳腺癌复发……

“曾经来过这个世界”一语成谶。癌症复发来势凶猛，不间断的治疗迟迟不见显著的效果。当“随时都会离开”成为千惠和丈夫无法回避的话题时，她开始思考：该给女儿留下点儿什么，才能让她在没有妈妈的日子里好好地活下去？

爱的遗产

看到妻子每天都在想着如何给女儿留下“爱的遗产”，而不是积极配合医生早日治好病时，安武信吾很生气。“孩子固然重要，但你自己的生命和人生就不重要了吗？毕竟，孩子长大会离开我们……”千惠哭着打断丈夫：“是我先离开她好不好？即使没有癌症，我也会先于孩子离开……”

千惠的乳腺癌复发后，这个家庭开始了一日三餐的糙米生活。因为千惠身体虚弱，不到 1 岁的阿花也不能再吃母乳了。让千惠欣喜的是，女儿并不讨厌这健康却寡淡的饮食。千惠兴奋地说：“女儿喜欢纳豆、大酱汤这些即使不用花太多钱也能买到的食物，这让我放心了。因为这意味着即使她以后挣不到什么大钱，也能活下去。”当然，这也让自癌症复发，就一直想给女儿留点儿什么的千惠恍然大悟：教女儿做饭、洗衣和洒扫等家务活儿，这样，就算她离开，阿花也能照顾自己了。

医生说，如果保持好的心情，积极配合治疗，千惠还能活三四年。千惠欣然接受，对她来说，能结婚、生下女儿，已经足够感恩了。

阿花两岁时，千惠开始教她洗自己的袜子，女儿的小手搓得通红，她把还没清洗干净的袜子晒在太阳底下，一旁的千惠没有帮忙，而是笑着鼓励。“不发言，不帮忙。教孩子做事情时，最重要的就是让她独立思考和体会。只要是孩子力所能及的，我都让她自己来。”当母亲抱怨千惠为何不告诉外孙女，袜子上的肥皂泡没清洗干净时，她这样回答。

阿花 3 岁生日那天，千惠送给她一台手动榨汁机。

让阿花学会做简单的家务活，只是让她先练练手，千惠最想教给女儿的，是做饭的本领。身患重病、随时都会离开的她，比谁都明白吃饭和健康的意义。“健康第一，学习第二。会做饭的孩子走到哪里都能活下去。”千惠在日记本里写下了这样一句话。

在学会了洗蔬菜、水果，并根据父母和自己的喜好榨不同口味的蔬果汁后，阿花又在妈妈的指导下，开始学习煮糙米饭。

最开始的日子，阿花只是在妈妈做晚餐时，负责煮饭的工作。但某一天清晨 5 点，当千惠刚走进厨房，准备为丈夫做早餐时，发现阿花已经站在凳子上，踮起脚尖摁亮了电饭煲的“开始”键。阿花说：“妈妈，除了煮饭，我还想切菜、炒菜！如果爸爸愿意帮我搬坛子的话，我也想做大酱！”千惠忍住眼泪，轻轻地把女儿搂进怀中，说：“是的，阿花，这些妈妈都会教你，而且妈妈也相信，你会比妈妈做得更棒！”

和妈妈的约定

2007 年夏天，阿花 4 岁生日时，妈妈送她的礼物是一条碎花围裙，而爸爸的礼物更酷，是一套小学生用的刀具。

千惠的癌症复发已经 3 年了，这 3 年里，尽管除了住院的日子，她每天都给丈夫、女儿做饭，但越来越疲惫的身体和一阵紧似一阵的疼痛告诉千惠：离开的日子不远了。

阿花 4 岁生日的第二天，清晨 5 点，千惠狠心地把她从被窝里拽了出来。她决定让女儿学习切菜。但是，当她把刀递给女儿，看着她迈上凳子，拿起刀要切土豆时，千惠紧张得闭上了眼睛。沉沉的菜刀，4 岁的孩子用得很吃力，额头渗出了汗水，但她一丝不苟、一言不发。土豆被她切得像小石头似的，但谢天谢地，阿花竟然没有受伤！接着，她又自告奋勇切了芥蓝和蘑菇。

千惠开始炒菜、煮大酱汤。让她惊讶的是，她炒菜时，阿花竟然用她的小摄像机拍摄。“我下次做菜的时候，问摄像机里的妈妈就可以了！”

一家三口吃完早餐，爸爸去上班，妈妈搭乘他的车去医院，女儿阿花则先去花园里遛半小时的狗，然后回家，锁门，自己去 1000 米外的保育院。

有人问她："阿花，你妈妈为什么不送你？"她说："连洗衣、扫地、遛狗和做饭这样的事儿我都能做了，上保育院还需要妈妈送吗？"

在阿花 5 岁生日前，她在妈妈的陪伴和示范下，学会了煮松软健康的糙米饭、制作漂亮美味的寿司。她煮的大酱汤，常常让爸爸和奶奶误以为是妈妈的杰作。对了，阿花为了庆祝自己的 5 岁生日，还第一次做了一大坛子大酱！

2008 年 7 月 11 日，阿花 5 岁生日后不久，千惠在家人的陪伴下离开人世。阿花没有哭，因为这是她和妈妈的约定。

故事还没有结束。2013 年秋天，已经有 6 年厨龄的阿花，加上爸爸，还有天堂里的妈妈，合出了《小花的味噌汤》。在这本书里，阿花给妈妈写了一封信：

> 最近我的拿手菜是咖喱饭和土豆烧肉。托妈妈的福，在学校里，阿花最拿手的就是音乐哦！我也想跟妈妈一样，长大后成为一个会唱歌的人。为我加油吧！
>
> 打扫浴室和洗衣服的活儿，我有点儿偷懒了，上了 4 年级我会努力的。因为我和妈妈说好了，你就在天国看我的行动吧。
>
> 不说别人的坏话，不忘记微笑，这些都是妈妈教给我的。而我，也一直是这么做的。

阿花的爸爸至今还在维护阿花妈妈生前记录女儿成长的博客。在 2014 年 3 月的一篇博客里，他说："阿花已经上小学 4 年级了，周末她会去料理学校上课。她是学校的‘美食达人’，她带给同学的便当被称赞‘有妈妈的味道’。她还继承了妈妈的音乐才能，喜欢唱歌、跳舞，并且做得像模像样！”

阿花说：“当我做饭的时候，我会觉得自己是最幸福的人！当然，这也是妈妈教给我的。”是的，我们并不能因为阿花没有妈妈，就认定她不幸福。因为，那些用生命去爱、去教会孩子自食其力的妈妈，无论她们身在何处，她们的孩子都会坚强和幸福！

一碗西红柿鸡蛋汤

刘同

我刚参加工作的时候，仍在大学附近租房子住，房租便宜，饭钱也不贵。

住的小区里有几家一层的临街小饭馆，客人都挺多。我刚搬过来那天，一家一家地转，转了好几个来回都没有定下来选哪一家。老蔡是其中一家饭馆的老板。当初之所以选择他家做长期食堂，并不是因为他，而是因为他的女儿。

老蔡的女儿五岁左右，坐在饭馆的门口洗碗，所有的碗都一模一样。她看看桶里的碗，又看看手上的碗，突然就停下来，开始坐在那儿发呆。

她眉头紧锁，一定是遇见了特别为难的事。

只见她冲进屋里，跑到妈妈收钱的柜台下面拿出一小瓶油漆和一支小毛笔，开始在每一个碗的底下写字。

那时我才看明白，她是在给这些碗做标记。我走过去问她："小妹妹，你为什么要在碗上写字啊？”

她没有抬头，一边写一边说：“这样就可以知道是谁的碗了。”

我问：“如果哥哥也在你们家交一个月的伙食费，你能不能给哥哥的碗也写一下名字啊？”

“好啊，我现在就给你写。”小蔡风一样地跑进去，又风一样地跑出来，手里拿着一个碗。

因为小蔡，我成了他家的订餐顾客。

包月每餐一个荤菜，三元；一荤一素，五元。如果不是包月的顾客，一荤一素要七元。因为每餐可以节约两块，所以学生带学生，老蔡的小饭馆生意看上去挺红火。

老蔡热情憨厚，小蔡聪明伶俐，相比之下，小蔡妈妈略显吝啬刻薄。

说刻薄也是当时的感受，现在想起来，如果那个小饭馆没有小蔡妈妈，也许倒闭得会更快。

老蔡每次炒菜的时候，都会有学生在旁边喊：“老板，多放一点儿喽，不要那么小气嘛。”每次有人这么一说，老蔡就尴尬地笑一笑，顺手多抓一把肉放进去。

这时，小蔡妈妈就会很生气地冲过来，对老蔡说：“你疯了啊，一个菜才三块钱，又要肉，又要油，又是免费米饭，又要交房租，你这么搞，我们还要不要做生意了？”

小蔡妈妈发飙的时候，学生们就赶紧一吐舌头做个鬼脸纷纷溜走，留下老蔡一个人很无助地被小蔡妈妈劈头盖脸地骂一顿。我也听见过老蔡的辩解：“好啦，如果以后我们的女儿在外地上学，要是有老板这么对她，我们也放心了，对不对？”

“对，对，对！我们只有一个女儿，却有五十多个包月的顾客，如果每个人都这样跟你说，我们怎么吃得消！你要么取消包月，要么老老实实地做生意。”小蔡妈妈的脑子转得好快。

“小蔡，你妈妈平时是不是很凶啊？”我偷偷逗小蔡。

“不是啊，妈妈凶是有原因的。”小蔡急着辩解。我看小蔡妈妈走过来了，赶紧假装什么都没有发生，闭嘴吃饭。

常有同学不能按时交包月的餐费，他们总会偷偷地跟老蔡求情，递上一支烟，什么都好解决。但自从被小蔡妈妈发现两次之后，她就气哼哼地在大大的黑板上写了一行字：“本店小本经营，恕不赊账！”之后，赊账的人果然少了。我跟老蔡说：“老板娘真是厉害，把问题放在面上解决，你看，果然没人赊账了吧。”老蔡呵呵一笑，说：“她就是会做生意。”

有一次，连着几天吃饭的时候，有两个男学生总要剩一些菜，拿一次性饭盒打包，然后再装一大盒免费米饭，估计是害怕被小蔡妈妈看见，所以总是等她出去结账的时候再赶紧打包米饭。连着一个星期，最后还是被小蔡妈妈撞见了，她问怎么要打包那么多米饭，两个男同学很没底气地说晚上可以当夜宵吃。小蔡妈妈眼一横，问：“那个小赵呢？以前都是你们仨一起来吃饭，现在怎么只剩你们俩了？你们说，你们每天打包剩菜回去，是不是给小赵吃的？”

“啊，我们，不是，是夜宵。嗯，那个，是的。”语无伦次的辩解中，男同学承认了是给小赵同学带饭。

“之前他不是包月吗？为什么这个星期不来了，需要你们带呢？”

两个男同学对视一下，道出实情：“小赵爸爸打工时摔伤了，这个月家里没有给他寄生活费，他本来想跟你说一下先赊一段时间的账，等家里周转过来，再补上。但黑板上，这不是写着……三个人来吃两个人的菜又不好，所以我们就商量出这个办法。对不起啊。”

小蔡妈妈没说话，沉默了一会儿，告诉两个男同学："你让小赵明天来，告诉他可以赊账，别吃剩菜。"

"啊，真的啊，太好了，谢谢啊，谢谢你，谢谢老蔡！"隔着一小段距离，我都能听出男同学语气中因为感激而有些颤抖的声音。

第二天，我再去吃晚饭的时候，看见两位男同学已经变成三位，估计有一位就是昨天说的小赵同学。黑板上依然大大地写着"本店小本经营，恕不赊账"，然而在右下角的位置多了一行小小的字，"如有问题，可找老板娘"。

不知怎的，我笑了起来，感到心里暖暖的。

等到隔壁桌男孩儿要走的时候，小蔡妈妈对小赵说："那个小赵，你明天把你的学生证给我复印一下，这样的话，大家都放心。"

小赵本来如释重负的脸瞬间尴尬起来，红着脸努力挤出一丝笑容说："好的，好的，应该的，应该的，谢谢老板娘。"

听到这句话，我很难描述当时的心情。我想，可以用一个词来形容——不爽，是那种面对心不甘情不愿但又必须接受的事情时的一种情绪吧。对于这件事我不爽了一小段时间，但后来想通了，也理解了。

那时我已经从实习工转成了正式工，但因为身体的原因，决定辞职准备考研。我把当月工资取出来交了接下来的房租，买了考研的书，因经济状况惨淡，我也面临交不起餐费的问题。

想了很久，我决定去找小蔡妈妈赊账。为了让她放心，我准备了身份证、以前的工作证，还带了自己发表的文章，以证明不久之后我就会有稿费。我找到小蔡妈妈，还没有说出长篇大论的腹稿，她立刻就说，给她身份证复印件就好。

考研那段时间吃饭，小蔡总是隔三岔五给我端一小碗西红柿鸡蛋汤或紫菜蛋花汤或丝瓜肉末汤。我说自己没点这个汤，小蔡说：“别人点了，爸爸水放多了，一个大碗装不了，多出来的就给你了。”

现在想起这些细节，依然觉得很感动，可那时我只是很木讷地“哦”了一声，权当自己明白了。缺乏自信的我，总不能很充分、很及时地表达自己的情绪。

考研结束后，我立刻找了一份工作，等着 3 月出分数线。老蔡、小蔡妈妈也会问我成绩，我说还没公布，他们问感觉如何，我说应该考得不错，不出意外的话，应该能够过线。老蔡说：“如果你考到北京，那就不能继续来我家吃饭了啊。”小蔡很失落地问我：“哥哥，你要走了啊？”小蔡妈妈抓着老蔡就是一顿说：“人家考到北京是本事，凭什么让人在你这里吃一辈子饭。五块钱一顿的饭小刘吃了两年，以后就应该吃五十一顿、五百一顿的饭了。人不都是应该越活越好吗？”

老蔡讪讪地笑，我也不好意思地说：“小蔡妈妈，不会啦，我就是真的去了北京，回长沙肯定还会来这里吃饭的。”

日子一天一天地过去，离公布分数线的时间也越来越近。一天，同学来找我吃饭，总共三个人，我点了四个菜。四个菜上齐之后，又多了一大碗猪脚汤和一条红烧鱼。这两个菜是大菜，我从来都不会点的。我着急地问小蔡妈妈：“是不是上错了？我没点啊，吃错了可赔不起。”

小蔡妈妈说：“吃吧，这一天每个人都会加菜，你朋友来了，就又给你多加了一个。”

“为什么？”我没懂小蔡妈妈话里的意思。

“今天 27 号，不是你生日吗？这里过生日的人当天都会加菜的，不只给你加，快吃吧。”

“你怎么知道我的生日？”话刚问出口，我就想了起来，小蔡妈妈那儿有我的身份证复印件。可身份证复印件不是为了避免我们拖欠餐费吗？谁能想到，小蔡妈妈会把每个人的生日都标记下来。

我叫了几瓶啤酒，喝了几杯，有点儿晕，我去敬小蔡妈妈，谢谢她。我举着酒杯告诉她，一开始我特别讨厌她，觉得她没人情味，后来看见她同意小赵赊账，觉得她还不错。

小蔡妈妈听完之后，佯装生气，让我罚酒，等我喝完，她看着我和同学说："没钱留身份证有什么用？收着你们的身份证复印件就是觉得你们一个个挺需要人照顾的，一般能把身份证复印件放在我这儿的人，都是老实孩子。"

"哈哈哈，老板娘说我是老实孩子。"我笑着对同学说，其中一个女同学眼眶都红了，我的眼眶也瞬间红了。

考研的成绩下来了，我的英语差了一分，有朋友出主意让我带着自己发表的小说，去北京找老师，看看有没有特招的可能。我去了北京，没有被特招，却在北京找到了一份工作。

我是真的要去北京了。临走前，我去老蔡的小饭馆吃了最后一次饭，和他们告别。小蔡哭了，躲在房间不愿意见我。老蔡既开心又失落，小蔡妈妈让老蔡又多给我做了两个菜，说是给我饯行，我没有推托。

一段历史就这么结束了。真是好快。

到北京之后，我工作特别忙，很少有时间回湖南。工作第三年，我被派到长沙出差录节目。我特意带了一些北京的特产，抽空回到当年住的小区去看老蔡全家，心里想着小蔡已经长成大女孩儿了吧。

到了之后，却发现老蔡的饭馆已经不见了，取而代之的是一家服装店。推开门进去，老板在店里。服装店的老板告诉我，他们回老家了。

"不是做得挺好吗？怎么说关就关了？"

老板看看我，笑了，说："那个餐馆关了三年了。那时有很多孩子交了包月餐费，老板说这些孩子能找到一家便宜的餐馆不容易，本想能包一个是一个，谁知道那些孩子又带来了许多人，结果搞得餐馆几乎每个月都赔钱。后来老板和老板娘商量，那就等当时第一拨包月的孩子大学毕业就收摊。你也是那一拨小孩儿吗？"

我摇摇头——我是工作之后才来这里的小孩儿。

离开老蔡小饭馆的时候，我回头看了一眼，人来人往。

我想，一定会有不少人跟我一样，想起过去那些人和事的时候，会过来看一眼，想起那个留着剩菜打包一大盒米饭的自己，想起那个不好意思赊账的自己，想起那个让老板多放一些肉的自己，想起那些难以对亲人开口要生活费的日子，想起那些坐在一个泛着暖色灯光的小饭馆喝一碗因为老板多放了一些水而变成的汤的日子。

爱是彼此成全

槐柳

看到了最初的自己

2003 年秋天，高良峰初见王悦。当时高良峰就读于山西朔州第一中学。作为学生代表，他与其他 11 人一起去朔州市第七小学探望贫困学生。

课间，高良峰带孩子们去打篮球。其他孩子都争先恐后地投篮，只有一个小男孩儿手足无措地捧着篮球，红着脸站在那里。这一幕落在了高良峰眼里，他觉得心很疼。于是，他走过去，蹲下身来，说：“我叫高良峰，你叫什么名字？”“我叫王悦。”男孩儿的声音小得像蚊子。

“来，王悦，我教你投篮。”高良峰给王悦做了一个示范动作，然后把篮球递给他，说，“你个子还小，不用投进篮筐，只需要扔到篮板上就好。”王悦怯生生地把篮球扔了出去，结果连篮板都没有碰到，篮球飞出了球场。

小朋友们哄笑着去抢飞走的篮球，王悦的眼睛开始有些湿润了。高良峰又蹲下身去，对他说："什么事情都是从不会到会的。男孩子，什么都不要怕！"

"可是，我没有爸爸妈妈。"王悦小声说。那一刻，高良峰的心被狠狠地击中了。眼前的少年，像极了曾经的自己——生于 1986 年的高良峰原本有一个幸福的家庭，可在他 4 岁那年，爸爸被一场车祸夺去了生命。

眼前的王悦，激起了高良峰强烈的保护欲。那天走之前，高良峰向王悦的班主任了解了他家的情况。原来，王悦的父母南下打工，因工厂发生火灾双双去世，那时王悦还不满周岁，住在朔州的远房大姨收养了他。这两年，大姨夫妻俩也下岗了，日子过得很艰难。

让爱去感动爱

第二天放学后，高良峰借了同学的自行车，飞速赶往王悦的学校。在高良峰的心中，父爱的一个重要标志便是，虽然爸爸不会天天去学校接孩子放学，但偶尔会出现在校门口，给孩子一个惊喜。这是高良峰对父爱的理解，他自己不曾享有，但希望通过自己的努力可以在某种程度上弥补王悦缺失的父爱。那天，高良峰把王悦送到了家门口，并承诺："以后每个周四，我都来接你。"

2003 年 11 月 6 日，又是周四，高良峰送王悦回家时，王悦邀请他去家里坐坐。

走进那间不到 40 平方米的小屋，高良峰愣住了。里面没有一件像样的家具，只有一张小书桌看上去还不算破旧——那是王悦每天做作业用的。大姨父有严重的类风湿病，关节都已变形，床头摆着大大小小的药瓶。家里唯一的劳动力便是大姨，为了方便照顾家里，她同时兼了 3 份钟点工。

见高良峰来了，大姨父还没说话，眼泪却已经开始在眼眶里打转了：“最近总听小悦提起你，想当面跟你说声谢谢，可这腿脚不争气。小悦给你添麻烦了。”

高良峰安慰他：“姨父，您放心，我会把王悦当亲兄弟一样对待的。”

那一天，住校的高良峰决定去校外兼职，承担王悦的生活费和学费。

后来，王悦被选入校篮球队。为了让王悦有一双像样的篮球鞋，高良峰以买教辅资料的名义，向妈妈要了 200 元钱。

王悦收到篮球鞋时的开心可想而知，可晚上回到宿舍，高良峰却失眠了——王悦的快乐是以自己欺骗妈妈为代价换来的，高良峰决定像个爷们儿一样去挣钱。此后，他摆地摊、刷盘子，还找了一份在工地上搬砖头的活儿。

两个月后，高良峰攒了 300 元钱，用其中 100 元给王悦买了学习用品，带他吃了一顿大餐，另外 200 元还给了妈妈。他对妈妈说：“那些教辅资料我没买，跟同学合用。”妈妈信以为真。

可是，纸终究包不住火，王悦的事分散了高良峰太多的精力。到了高二下学期，高良峰的成绩已经由原先的班级前 10 名下降到 40 名以后。面对妈妈的追问，高良峰只能实话实说。

妈妈心中五味杂陈，对高良峰说：“你现在没有能力对另一个人负责，等你工作了再去援助他也不迟啊。”

“我不能给了他一点儿温暖，然后说走就走，那比从来就没走进他的生活更残酷。”高良峰说。

那一夜，妈妈失眠了，她明白，儿子心中积聚的是父爱缺席将近 14 年后对爱的渴望，她决定让步。第二天早餐时，她对高良峰说：“你可以继续帮助王悦，但是学习成绩必须恢复到入学时的水平。”高良峰答应了妈妈。只是，对分秒必争的高中生来说，这不是一句话就可以做到的。高三第一个月的月考，他的名次再一次后退了 5 名。家长会上，得知这个消息的妈妈又气又急，径直奔向王悦家。

对于高妈妈的到来，王悦的大姨和大姨父无比热情，一再道谢。尽管十分不忍，可是为了儿子的前途，高妈妈还是说出了口：“不应该让一个只有 18 岁的孩子来承担抚养王悦的责任。”

又一个周四，高良峰像往常一样去接王悦放学，左等右等，等来的却是王悦的班主任交给他的一封信。信是王悦写的，大意是让高良峰不要再管自己，好好学习，等等。从信上那模糊的字迹里，高良峰看得出来，王悦是一边哭一边给自己写这封信的。

为了王悦，高良峰开始发奋读书。每天学习累了，他就给王悦写信，鼓励他，也激励自己。但 2006 年的高考，他还是以 20 分之差与山东大学失之交臂，深深的挫败感令他心灰意冷。

一天晚上，妈妈做了一桌子菜，还给高良峰倒了一点儿红酒，然后向他举杯：“儿子，这瓶酒本是为你金榜题名准备的。但妈妈想通了，从照顾王悦那天起，你就有了勇气和担当，这说明你已经完成了自己的成人仪式，值得庆贺！”

妈妈的话，令高良峰眼眶湿润。他这才知道，与深深的母爱相比，自己不过是浅水一湾。他哽咽着对妈妈说：“对不起，妈！我去复读，明年一定考上重点大学！”

妈妈也想明白了，男孩儿长大的方式有许多种，对儿子来说，承担责任、扮演如兄如父的角色也算是一种吧！

两个男孩儿的 10 年光阴

2007 年，高良峰拼了，最终考入吉林大学。

高良峰的大学生活过得并不轻松。他边打工边读书，每天不管多累，都要给王悦打电话。由于家里没有电话，王悦每次都要去邻居家里接电话，十分不方便。于是高良峰做家教、摆地摊儿，外加奖学金，省吃俭用攒了 4000 元钱，给王悦买了一台电脑，装了宽带。

2011 年，王悦考入重点高中，高良峰自己则成功被保研。王悦告诉高良峰，他一定会努力学习，争取考入高良峰就读的吉林大学。

2013 年 11 月 19 日，高良峰给妈妈打电话，才得知妈妈刚做完手术。在妈妈住院的那半个月里，王悦白天上学，晚上当仁不让地做起了陪护。

高良峰心急火燎地赶回朔州。回到家，王悦正在厨房里给高妈妈做饭，这时的王悦，已经比高良峰还高了。

高良峰问他："家里出了这么大的事，你怎么不跟我说？"

谁知，王悦竟不服气地回答："你能在照顾我的同时考上重点大学，我就不能一边照顾阿姨一边上学？上个月的月考我还进步了 5 名呢！"

高妈妈站在厨房门口，欣慰地听着两个大男孩儿一边炒菜做饭，一边你一句我一句地斗嘴。平凡人家烟火般的温暖与幸福正慢慢升腾开来。

是的，他们只是没有父亲，但绝不缺少骨气、担当和胸怀。在他们的生命中，有缺失，但并无缺陷。他们的关系证明了这一点：爱，从来都不是谁焐热了谁，而是彼此温暖、彼此成全。

母亲的三句话

鲁钊

二月河幼年时憨厚、讷言，在某些方面还有点儿反应迟钝。

二月河的父母都是从战争年代过来的人，对待孩子的学习成绩不那么苛刻。父母下了班在门前空地上洗衣、种菜、栽树，十来岁的二月河壮实有劲，一手提一桶水，干得很欢。父母看在眼里，喜在心头：只要孩子健康成长，其他都不重要。

二月河懊恼自己的学习成绩，苦恼地问母亲："我是不是天生就比别人笨？"

母亲说："儿子，你有力气，能帮助爸爸妈妈提水、浇花、洗衣，这就是你的优势，你比别人健康、强壮。"说着，母亲把二月河领到院子的花圃。

父亲凌尔文特别钟爱园艺，在自家院子里建起花圃，他们家院子里一年到头开着不同时令的花。春天，父亲会带二月河到野外，不是赏春踏青，而是去寻找嫁接菊花的母本——黄蒿和野艾，移回来，密集地栽在苗圃里，长大了嫁接菊花。到秋天，一盆菊花可以开出五六种颜色的花。还有扦插的各种树苗，果树中的桃树、杏树、梨树、无花果，花木中的月季、桂花、松枝、小柏枝等。他的嫁接技术很好，靠接、枝接、劈接、芽接，没有他不会的，他只要接，准活。

许多年后，电视台报道了一则消息，说西红柿和土豆嫁接成功：上头结西红柿，土里结土豆。二月河与妹妹看了这则报道都笑了，因为几十年前父亲试着嫁接这两样，每次都成功，只不过嫁接后土豆长不大，西红柿像葡萄，就顺手拔掉扔了。父亲培育的桂花尤其好：把桂枝皮削掉半边，用塑料袋包上湿土，严严实实扎起，第二年春天，把原枝的下部剪断，一株新桂花树就诞生了。桂花是丛生，要想长成桂花树，也得嫁接。选择一棵冬青幼苗，再从旁扦插上桂枝，成活后与冬青靠接，就是一株亭亭玉立的桂花树苗。

在花圃前，母亲指着那些青翠欲滴的果木，语重心长地对二月河说："娃，你仔细看看这些树木、瓜果，记住三句话。

"一是丝瓜、豆荚长得快，一晚上就能长一大拃；水杉长得慢，但最后长得高、长得壮的是水杉。人不怕成长慢，只怕不努力。

"二是丝瓜、豆荚尽管长得长，却靠攀附树木，没有对别的树木的攀爬，它就长不成。人不要靠攀附别人，得靠自己。

"三是桂花不嫁接，就会丛生，长不成大树，嫁接后，才能长成桂花树。人要学习，通过学习，去转换自己、发展自己。"

母亲的这三句话，让二月河受益终生。无论是在学校还是在部队，无论是钻山洞建国防工程还是下煤窑挖煤，他都没怨天尤人，哀叹命运不济，而是擦亮心中的理想，坚持不懈，最终厚积薄发，成为有名的作家。

我来过，我很乖

佚名

有一个小女孩儿，她的名字叫佘艳，她有一双亮晶晶的大眼睛和一颗透亮的童心。

她是一个孤儿，她在这个世界上只活了 8 年，她留在这个世界上最后的话是——“我来过，我很乖”。

我自愿放弃治疗

她一出生就不知亲生父母是何人，她只有收养她的“爸爸”。

1996 年 11 月 30 日（农历十月二十日），“爸爸”佘仕友在永兴镇沈家冲一座小桥旁的草丛中发现被冻得奄奄一息的这个新生婴儿时，注意到她的胸口处有一张小纸片，上面写着：“农历十月二十日晚上 12 点。”

家住四川省双流县三星镇云崖村二组的佘仕友当时 30 岁，因为家里穷，一直找不到对象，如果要收养这个孩子，恐怕就更没人愿意嫁进家门了。

看着怀中小猫一样嘤嘤哭泣的婴儿，佘仕友几次放下又抱起，转身欲走又回头，这个小生命已经浑身冰冷哭声微弱，若再没人管只怕随时就没命了！

咬咬牙，他再次抱起婴儿，叹了一口气，说："我吃什么，你就跟我吃什么吧。"

佘仕友给孩子取名叫佘艳。单身汉当起了爸爸，没有母乳，也买不起奶粉，他就只好给孩子喂米汤，所以佘艳从小体弱多病。但是小佘艳非常乖巧懂事。

春去春又回，如同苦藤上的一朵小花，佘艳一天天长大了。她出奇的聪明乖巧，乡邻都说捡来的娃娃智商高，都喜欢她。

她知道自己跟别家的孩子不一样，这个家得靠她和爸爸一起来支撑，她要很乖很乖，不让爸爸忧心、生气。

上小学了，佘艳知道自己要好学上进，要考第一名，不识字的爸爸在村里才会脸上有光，所以她从没让爸爸失望过。

她给爸爸唱歌，把学校里发生的趣事一件一件讲给爸爸听，把获得的每一朵小红花仔仔细细地贴在墙上，偶尔还会调皮地出道题考倒爸爸……

每当看到爸爸脸上的笑容，她都会暗自满足：虽然不能像别的孩子一样有妈妈，但是能跟爸爸这样快乐地生活下去，也很幸福了。

从 2005 年 5 月开始，她经常流鼻血。有一天早晨，佘艳正准备洗脸，突然发现一盆清水变得红红的，一看，是鼻子里的血正向下滴，不管采用什么措施，都止不住。实在没办法，佘仕友带她去乡卫生院打针，可小小的针眼竟也出血不止，她的腿上还出现许多"红点点"，医生说："赶快到大医院去看！"

来到成都的大医院，正值会诊高峰，佘艳排不上号。她独自坐在长椅上按住鼻子，鼻血连成线直往下流，染红了地板。她觉得不好意思，只好端起一个便盆接血，不到 10 分钟，盆子里的血就盛了一半。

医生见状，连忙带孩子去检查。检查后，医生马上给佘艳开了病危通知单——她得了“急性白血病”！这种病的医疗费用非常昂贵，一般需要 30 万元！佘仕友蒙了。

看着病床上的女儿，他只有一个念头：救女儿！他找遍了亲戚朋友借钱，但东拼西凑的钱不过杯水车薪，距离 30 万实在太远。他决定卖掉家里唯一还能换钱的土坯房，可是因为房子过于破旧，一时找不到买主。

看着父亲那双忧郁的眼睛和日渐消瘦的脸，佘艳总有一种酸楚的感觉。一次，佘艳拉着爸爸的手，话还未出口，眼泪却冒了出来：“爸爸，我想死……”

父亲睁着一双惊愕的眼睛看着她：“你才 8 岁，为啥要死？”

“我是捡来的娃娃，大家都说我命贱，害不起这病，让我出院吧……”

6 月 18 日，8 岁的佘艳代替不识字的爸爸，在自己的病历本上一笔一画地写道：“自愿放弃对佘艳的治疗。”

8 岁女孩儿乖巧安排后事

回家后，从小到大没有跟爸爸提过任何要求的佘艳，向爸爸提出两个要求：她想穿一件新衣服，再照一张相片。她对爸爸解释说：“以后我不在了，如果你想我了，就可以看看照片上的我。”

第二天，爸爸叫上佘艳的姑姑陪着她来到镇上，花 30 元给佘艳买了两套新衣服，佘艳自己选了一套粉红色的短袖短裤，姑姑给她选了一套白色红点的裙子，她试穿上身后就舍不得脱下来。

三人来到照相馆，佘艳穿着粉红色的新衣服，双手比着V字手势，努力地微笑，最后还是忍不住掉下泪来。

她已经不能上学了，她长时间背着书包站在村前的小路上，眼睛总是湿漉漉的。

如果不是一个叫傅艳的记者，佘艳将像一片悄然滑落的树叶一样，静静地在风中飘落……

傅艳从医院方面得知了情况，写了一篇报道，详尽叙说佘艳的故事。旋即，《8岁女孩儿乖巧安排后事》的故事传开了，成都人被感动了，网民也被感动了。人们为这个可怜的女孩儿心痛不已，从成都到全国乃至全世界，现实世界与互联网空间联动，多方爱心人士开始为挽救这个弱小的生命捐款。

短短10天时间，全球华人捐助的善款就已经超过56万元，手术费用足够了，小佘艳的生命之火被爱心再次点燃！

6月21日，放弃治疗回家的佘艳被重新接到成都，住进了市儿童医院。

佘艳接受了常人难以忍受的化疗，小女孩儿的坚强令所有人吃惊。她的主治医生徐鸣介绍，化疗阶段胃肠道反应强烈，佘艳刚开始时经常呕吐不止，可她连吭都没吭一声。

刚入院时做骨髓穿刺检查，针头从胸骨刺入，她没哭、没叫，眼泪都没流，动都不动一下。

佘艳从出生到死亡，没有得到过一丝母爱。

当徐鸣医生提出“佘艳，给我当女儿”时，佘艳目光一闪，泪水一下就涌了出来。

第二天，当徐鸣医生来到她床前的时候，佘艳竟羞答答地叫了一声：“徐妈妈。”徐鸣开始时一愣，继而笑逐颜开，甜甜地回了一声：“女儿乖。”

第三天，徐鸣到病房，给佘艳穿上了一双白色的袜子，并不经意地对她说：“穿上这个，免得凉。”佘艳开心地说：“妈妈，这是我第一次穿袜子。”

徐鸣医生觉得自己心里像针扎一样难受，她问佘艳：“告诉妈妈，你还想要什么？”

佘艳低头害羞了半天，然后怯怯地说：“我想有一双红皮鞋，配上白袜子，好像白雪公主啊。”

当天晚上，徐鸣医生下了班之后，打车赶到一家童装专卖店，花 80 元买了一双红皮鞋，又买了两双白袜子。

第二天到病房，她给佘艳穿上白袜子、红皮鞋。佘艳坐在床边，脚都不沾地，欢喜得不得了。

那段时间，病房里堆满了鲜花和水果，到处弥漫着醉人的芬芳。

两个月的化疗，佘艳陆续闯过了 9 道“鬼门关”，感染性休克、败血症、溶血、消化道大出血……每次都逢凶化吉。

由国内权威儿童血液病专家共同会诊确定的化疗方案，效果很好，白血病已经被完全控制住了！所有人都在企盼着佘艳康复的好消息。

但是，化疗药物使用后可能引起的并发症非常可怕。而与别的患白血病的孩子相比，佘艳的体质较差。经此手术后，她的体质更差了。

2005 年 8 月 20 日清晨

她问傅艳：“阿姨，你告诉我，他们为什么要给我捐款？”

“因为，他们都是善良人。”

“阿姨，我也要做善良人。”

“你当然是善良人。善良的人要相互帮助，就会变得更加善良。”

佘艳从枕头下摸出一个数学作业本，递给傅艳：“阿姨，这是我的遗书……”

傅艳大惊，连忙打开一看，果然是小佘艳安排的后事。

这是一个年仅 8 岁、生命垂危的孩子，趴在病床上用铅笔写的 3 页纸的遗书。

开头是“傅艳阿姨”，结尾是“傅艳阿姨再见”，整篇文章全部是关于她离世后的“拜托”，以及她想通过媒体向全社会关心她的人表达感谢与道别。

“阿姨再见，我们在梦中见。傅艳阿姨，我爸爸（的）房子要垮了。爸爸不要生气，不要跳楼。

“傅阿姨你要看好我爸爸。阿姨，医我的钱给我们学校一点点，多谢阿姨给红十字会会长说。我死后，把剩下的钱给那些和我（得）一样病的人，让他们的病好起来……”

这封遗书，傅艳看得泪流满面，泣不成声。

我来过，我很乖

8 月 22 日，由于消化道出血，几乎一个月不能吃东西而靠输液支撑的佘艳，第一次“偷吃”东西，她掰了一块方便面塞进嘴里。很快消化道出血加重，医生和护士紧急给她输血、输液……看着佘艳腹痛难忍、痛苦不堪的样子，医生和护士都哭了，大家都想帮她分担痛苦，可是，用尽各种办法还是无济于事。

最后，佘艳在极端的痛苦中离开了这个世界。医生在她停止呼吸后，仍然不遗余力地抢救了 80 分钟，最终也没能挽回这个幼小的生命。

所有人都无法接受这个事实：那个美丽如诗、纯净如水的“小仙女”真的去了另一个世界吗?

8 月 26 日，她的葬礼在小雨中举行，成都市东郊殡仪馆火化大厅内外站满了热泪盈眶的市民。

为了让这个一出生就被遗弃、患白血病后自愿放弃治疗的女孩儿，最后离去时不至于太孤单，来自四面八方的“爸爸妈妈”们默默地冒雨前来送行。

佘艳安静地躺在鲜花丛中，脚上穿着白袜子和红皮鞋——这是她心目中白雪公主的样子。

笑吟吟的照片

碑文正面上方写着：“我来过，我很乖（1996.11.30—2005.8.22）。”

后面刻着关于佘艳身世的简单介绍，最后两句是：“在她有生之年，感受到了人世的温暖。小姑娘请安息，天堂有你更美丽。”

遵照小佘艳的遗愿，剩下的 54 万元医疗费作为生命的馈赠留给了其他患白血病的孩子。这 7 个孩子分别是杨心琳、徐黎、黄志强、刘灵璐、张雨婕、高健、王杰。这 7 个可怜的孩子，年龄最大的 19 岁，最小的只有两岁，都是家境非常困难的、挣扎在死亡线上的贫困子弟。

9 月 24 日，第一个接受佘艳生命馈赠的女孩儿徐黎在华西医大成功进行手术后，她苍白的脸上挂上了一丝微笑：“我接受了你生命的赠予，谢谢佘艳妹妹，你一定在天堂看着我们，请你放心，以后我们的墓碑上也要刻上：‘我来过，我很乖……’”

有一种爱，不需要语言

〔美〕詹姆斯·克拉桑迪
董小源 译

它为我而来，甚至在我到达人世之前，它就已经准备好了，爱我，就是它生命的主题。

“它是新生儿能收到的最好礼物了。”爸爸把这个白褐相间的小毛球捧在手心里，任小猎狗在他的掌心里扭动着柔软的身躯。爸爸的动作是那样轻，就像捧着一个珍贵的水晶花瓶。

他们俩互相感知着对方的体温。很快小狗就跟爸爸熟悉起来，安心地趴在他的掌心里不再动弹。从那一刻起，爸爸知道小狗正式成了我们家的一员。虽然它是别人送来祝福我出生的礼物，但那时的我还在妈妈的肚子里。爸爸给小狗取名贝特琪。

妈妈作为高龄产妇，谨遵医嘱住进了病房，是贝特琪陪伴妈妈度过了产前难挨的日子。随着我的降生，它成了我的“保姆”。

它告诉我，爱是常相陪伴

通常，爸妈会把贝特琪放在我的摇篮里，这样小狗就像一条活动的毛毯，可以温暖我。更绝的是，每当我不开心的时候，贝特琪都会第一时间通知爸妈，这样他们就能很快过来给我喂奶或者换尿布。贝特琪既是我的看护者，也是我最好的朋友。在我学走路的时候，它用脑袋顶着我，生怕我不小心摔到地上。它总是在我目光所及的范围里，每天我睁开眼睛看到的就是它黑溜溜的大眼睛，临睡前有它轻轻地舔着我。是它见证了我推开学步车，真正迈出人生第一步的全过程。

从我稍微懂事的时候起，就总是听到爸爸在我耳边说："詹姆斯，听你老爸说句话。贝特琪是属于你的第一只狗，它教会你的东西也是最多的。它不求回报地爱着你，你可要永远把它放心里啊。"

它告诉我，爱是为你爱的人勇敢

我还记得十岁时的那个 7 月，阳光异常耀眼，我们去位于纽约州北部的小木屋度假。

一天，爸爸开着他的绿色拖拉机去田里割麦子，而我则坐在溪水边的岩石上悠闲地钓着鱼。突然，一直乖乖守在我旁边的贝特琪猛然抬起身来，开始狂吠不止。"宝贝，你怎么了？"我问它。只见贝特琪扭头望向遥远的麦田，然后又看了看我。这个动作它反复做了好几遍，一边扭头，一边叫个不停。我从岩石上站了起来，贝特琪立刻咬住了我的脚踝，我知道，像平时那样，它需要我跟着它走了。

贝特琪飞一般地跑出去，却在每次要看不到我的时候回一下头，以确定我一直在跟着它。我用自己最快的速度，拼尽全力在后面追着它。当我们穿过宽阔的麦田，终于停下的时候，我看见了什么？爸爸的拖拉机翻倒在地头，而他的左腿被压在轮胎下方动弹不得。

“贝特琪！”我大声喊着，“你留下来跟爸爸一起，趴在他的身边。”贝特琪乖乖地趴到了爸爸的身边，开始用舌头不断地舔着他的脸，希望他能从痛苦中分些神来。

我跑到附近农场喊来了帮手，我们一起用力，终于把爸爸从拖拉机下解救了出来。

那天发生的事我和爸爸都没告诉妈妈，因为那是属于我、爸爸和贝特琪这“三个火枪手”的秘密。

它告诉我，爱是无法割舍的思念

八年后，一个阴冷的早晨，贝特琪让我明白，别离是爱最残酷的赠予。每天爸爸都是起床最早的那一个，他总是把狗粮早早地就放在了贝特琪的窝前。现在，那个窝已经空空荡荡，而爸爸却一杯接一杯地喝着闷酒。

发现我不知何时走到他的身旁，爸爸别过头去，不想让我看见他带泪的眼角。那是我第一次，也是仅有的一次看到他哭。

这个没有任何伤痛能让他皱一下眉的硬汉，今天却再也无法战胜自己的情绪。他轻轻地对我说：“如果你还想跟贝特琪说再见的话，就去桃树下看一看吧。”我家后院的桃树下，是贝特琪最喜欢藏骨头的地方，爸爸准备把它葬在树下。

我慢慢地走到桃树下，有花瓣随风飘落，撒在了它的身上。它的毛还是那样柔软，可是身体却早已冰冷。我的眼泪流下来，每一滴，都在心底灼出一个洞。我趴在地上，在它耳边轻轻地说：“你会随花瓣一起飘往天堂的，永别了，贝特琪。”

后来，我读了两所大学，换过很多工作，走过许多地方，也见过无数有智慧的人。可我仍然觉得贝特琪是我遇见的最好的老师，它教会了我有关爱的一切。它如影随形，陪伴着我的呼吸，从未离去……

祖母的暗示

〔英〕赫·斯宾塞
颜真　译

几乎是从我们一生下来，祖母就不断发现我父亲和我身上的许多特别之处，并总是以自豪的、不加掩饰的赞赏的口气说出来。比如：“这孩子太不一般了，他看一样东西总是目不转睛。”“看看，我们的孩子，他精力多好，总是手脚不停。”“他天生爱干净，只要有一点儿没洗干净，他就会哭。”“哎呀，这孩子哭起来像打雷一样，太神奇了。”几乎所有孩子都有的表现（当然，这是我后来才知道的），我的祖母也会本能地把它描述成自己孩子非凡的禀赋。由于她的这种赞美完全出于本能和爱（也许在她看来，自己的孩子真是这样），所以这种称赞本身就毫无夸张和掩饰，让孩子真的以为自己一定是出色的。

无独有偶，我的母亲也是这样一个人。她常常会说：“看看，这个孩子，手脚不停，像在纺线一样。”“这孩子真不简单啊，吃这样苦的药他居然一声不吭。”“哎呀！这孩子力气真大呀，这么重的东西他居然拿得起来。”结果，这种暗示完全被孩子接受了，他真的表现很出色。

当然，她们的另一个特点也同样一致，那就是对于孩子不道德的行为，她们会发大发雷霆，会结结实实地把犯错的孩子痛打一顿。也许是她们从根本上给予了孩子过高的暗示，有时这种痛打不但不会伤害孩子的自信心，反而会使他更坚强。

后来我才发现，这类女性极具教育天赋。她们几乎是本能地把一种积极的暗示，不断地、自然地传递给孩子，同时又不失威严。事实上，据我所观察到的情况来看，他们的孩子后来都无一例外地具有一些优秀的、突出的品质，即使他们失败了，也会很快爬起来，重新开始。

相反，我也常常看到或听到过另一种暗示，那是来自父亲或母亲的、对孩子消极而有害的暗示。他们常常会语气低沉地说：“我的孩子的确要笨一些。”“我的孩子怎么能和你的孩子相比呢？”“唉，笨点儿就笨点儿吧，这是他的命！”听听吧，世界上没有任何话比这更让孩子伤心的了（连命运都给孩子断定了），特别是这种话是从他的父亲或母亲口里说出的时候。

结果是可想而知的，他们的孩子有的过早地失去了自信心，有的则会产生一种强烈的叛逆和对环境的仇视情绪，因为随着年龄的增长，他们才能体会到自己身体上的力量——尽管它曾遭到否定。

让我请您吃顿饭

青黎

假期全家一起自驾游，在成都的高速服务区遇见一个要求搭便车的男孩儿。男孩儿自我介绍说叫宋晓松，是一名大三学生，他还主动给我们看了他的身份证和学生证。宋晓松讲话很有礼貌，给我们留下了不错的印象，于是，我们答应了他的请求。

一路上，我和家人跟这个刚认识的小伙子聊了许多。抵达西安后，不得不跟晓松分道扬镳。分别之前，晓松忽然主动提出要请我们吃顿饭。他有些不好意思地解释说，请客是为了感谢我们一路上对他的照顾，不过因经费有限，他只能从网上找家口碑不错的小饭馆。

我们非常感动，欣然赴约。吃完简单的一餐后，我们便告别了。别离前，我悄悄在晓松的背包里塞了 500 元钱和一张名片，之后我便淡忘了这件事。

不久前，忽然有陌生人加我为微信好友，通过验证后，对方忽然发了微信红包给我，并留言说：“祝嘉嘉生日快乐！”嘉嘉是我儿子的小名，那天刚好是他的阳历生日。我诧异地打开红包，金额是500元整，点开对方的头像细看，原来是晓松！晓松说，那天请我们吃完饭他只剩不到200元了，本来计划在西安停留一两天就回学校。没想到得到了我的慷慨馈赠，他不仅顺利游了西安，还去了趟咸阳。回学校后，他一直在勤工俭学，不仅攒足了下次旅行的经费，还有余钱给嘉嘉发一个生日红包（两人聊天时，嘉嘉透露过自己的生日）。

我忍不住问他，既然当时已经经费不足，为什么还要坚持请我们吃饭呢？他给我讲了一个故事。

刚进大学不久，晓松就加入了学校的驴友社团，从此迷上了旅行。因为是学生，家里也不富裕，只能选择穷游的方式。时间久了，便总结出了不少省钱攻略，比如在景点逃票、搭顺风车、去村民家里借宿……

有一次在郑州的高速服务区，晓松遇到了一位热情的胡大哥，对方开着一辆路虎，全身上下都是顶级运动装备，于是晓松走过去搭讪，希望对方载自己一程，胡大哥爽快地答应了。一路上，两人聊得分外投机，胡大哥还请晓松吃了两顿饭。到了分别的时候，胡大哥认真地对晓松说：“小伙子，你应当请我吃顿饭。”

晓松以为自己听错了。然而胡大哥依然坚持，晓松无奈地答应了。胡大哥就近选了家火锅店，点了牛肚、鱼丸、牛羊肉和各色蔬菜，然后埋头大吃，晓松也带着满腹心事在一旁陪吃。用餐完毕，晓松硬着头皮从贴身口袋里掏出钱包结了账，内心觉得委屈又怨愤。胡大哥似乎读懂了他的情绪，拍拍他的肩膀说：“小伙子，旅行是件好事，可是蹭吃、蹭喝、蹭玩、蹭行却不一定是好事。这一路上我总听你说别人给了你什么，却不知道你为别人做了什么。如果你蹭得这么心安理得却毫无感恩之心，那么就算你游遍了世界又能怎样？”说完，胡大哥便开车离开了。而晓松，则提前结束了那次旅行，用仅有的几十元钱买了一张返程的车票。

晓松说：“自那以后，我一直提醒自己要有尊严地穷游，我不再逃票，也不再把省钱当作唯一的目的。而且我还养成了一个习惯，那就是请每一位帮助过我的人吃顿饭，哪怕只是 10 元钱的路边摊。”

疲惫生活中的英雄梦想

你现在一无所有，但你却拥有一切，
因为你还有梦想。

听见流星的声音

梁朝伟

2012年年初，《大魔术师》上映。之后的3年里，我和尔冬升各忙各的，几乎再没见过面。

这3年中，我听说这位老友跑去横店拍了一部和群众演员有关的电影，叫作《我是路人甲》。当时最令我感到好奇的，其实不是他为什么要去拍路人甲，而是他要怎么拍。这个一出道就当男主角、才貌双全又很任性的大个子，从来都没当过路人甲，他要怎么去拍路人甲的人生?

就是这样一个人，最近突然找到我，说要请我看电影。于是，我有幸提前看到了这部传说中的《我是路人甲》。

这是一次很意外的观影经历，如果要用一个词来概括的话，我会想到“舒服”。对，这是我今年看过的最舒服、最清新的一部影片，也是我最喜欢的类型，既传递了信息，又引人思考，无论笑或哭都发自内心，毫不勉强。

尔冬升好像变了，变成熟了。我想他听到这句话可能会不太开心。2001 年，我去横店拍《英雄》。那是我第一次去横店，当时天气已经转凉，那地方没有那么多人。我每天骑着单车去片场，收工之后也会骑车到处转转，无聊时还会买些烟花，然后找个空旷的地方放一放。横店的夜晚很静，放烟花的时候会吓得一些乡亲大叫，我则躲起来偷笑，假装与我无关。

那年的 11 月 19 日，新闻说晚上会有狮子座流星雨。半夜收工后，我拖着导演，还有组里的人，跑去片场的楼顶很兴奋地等着。突然，一颗流星划过，接着，又是一颗。起初我们都开心地欢呼，接下来就被越来越多的流星吓到，每个人都不再说话。

在这样安静的环境里，我隐约听到了“咻咻”的声音，起初我有些奇怪那是什么声音，后来随着“咻”的一声，又一颗流星划过头顶，那时候我才发现，原来是流星划过天空的声音。

在那之前，我从来不知道流星也会有声音，城市里太嘈杂，人人都很忙，没时间听流星说话。

因为那场流星雨，我对横店至今都有着很美好的印象。

30 年前，当时的我还在卖家用电器，生活无风无浪。那时候我对未来唯一的设想就是，如果没有意外的话，大概会最终升职到销售经理吧。

这样其实也没什么不好，但偶尔会觉得，这似乎不是我想要的生活，至于我到底想要什么，那时候的我并不知道。

多亏一位老友，那段时间一直给我洗脑，每天给我画各种光怪陆离的蓝图，劝我放弃工作和他一起去考艺员训练班。我最后被他说服，于是迈出了那一步。我很感谢那位老友，但我妈当时很生气，因为她觉得这个叫周星驰的家伙害她儿子辞掉了稳定的工作，去上什么前途未卜的培训班，我至今都记得她当时对我说的那句话：“衰仔！ 1 块钱我都不会给你！”

她真的是讲得出，就做得到。在艺员训练班的那一年，我是靠自己之前的积蓄撑下来的。那一年，我每天出门只带 10 块钱，走路去上课。如果不小心起晚了，10 块钱就要交给的士司机，那天便只能挨饿。我很怀疑我有没有对尔冬升讲过那段经历，因为，电影里那个叫万国鹏的男孩儿，和当年我的境遇，真的是一模一样。不单是他，戏里的每一个路人甲，从初入行时的不知所措，到每一次演戏时的用力过猛，都会让我忍不住笑出声，就好像看到 30 年前的自己。

唯一的区别是，他们带着明确的目标去了横店，而我是在进入训练班之后，才发现这是我想要的人生——我想要成为一名演员，不是明星，不是影帝，就只是演员。

“演员”这个词对我而言分量很重。2013 年，我在洛杉矶工作的时候接触到一些群众演员，他们平时都从事着各种各样的职业，有的是侍应，有的是清洁工，但当你问他们是做什么的时候，他们还是会说：“我是个演员。”

我相信，能说出“我是演员”这句话的人，对演戏一定是有热情的。对我来说，演员的工作就是无条件地把戏演好，无关其他。

这些年来，经常有人问我，如果不做演员会做什么？我至今都想不出这个问题的答案。我不会做别的，从我入行那天起，就有一个强烈的执念伴随我，就是：不管我的角色是什么、戏份有多少，哪怕只给我一秒钟的镜头，我也要想办法让你在这一秒钟内记住我。

为了实现这个执念，我努力练习了很久，很难说这个执念就是我最初的梦想，但如果我要对得住“演员”这两个字，就必须做到这一点。

在片场的时候，我会常常忘记我是梁朝伟，因为我只记得这个执念，到今天也是这样。

回到眼前。我最近在家里看了很多日本电影，我很喜欢染谷将太主演的几部电影。看《我是路人甲》的时候，也有好几次产生错觉，觉得那个叫万国鹏的男孩儿和染谷将太有些相似，懵懂的样子在无形中化解了故事本身的压力，令观影过程也变得轻松愉悦起来。

《我是路人甲》的故事本身并不轻松，主演亦都是陌生稚嫩的面孔，但尔冬升很聪明，他很清楚，要完成这个题材，唯一的办法，就是找真正的路人甲来演。对演员保持着清楚的认知和无比信任的态度，是他自《癫佬正传》开始树立起来的风格，我一直记得他看演员的眼神，那眼神分明就是在说："对，我没看错，你就是这样的人。"

这感觉有时候很讨厌，但他偏偏总是对的。戏里，年轻的路人甲们在探讨何为成功，我看的时候也在思考。我理解的成功，不是衣食无忧，不是获奖无数，而是你能否真正享受每一次努力的过程。有梦想、有目标是好事，但如果只看到目标，就很容易忽略过程，就像跑步一样，你一心想跑到终点，就会忘记欣赏沿途的风景。

我们有时不懂珍惜，有时自视甚高，有时怨天尤人，其实说到底，都是放不下自我。很多心中的不平都是因为放不下，当我们学会放下，往往会获得更多。

梦想，不仅仅是有梦、敢想，还有做梦和思考的过程。因为有了这个过程，所以，结果是什么，就没那么重要了。

在大多数人看来，路人甲只是路人甲，就像偶尔划过夜空的流星，不会一直停留在你的生命里。

但是，即使微弱如流星，也会有它的轨迹，也会在夜深人静时，借着划过夜空的那一秒钟，发出属于它自己的声音，希望被有心的人听到。我想，路人甲也是一样，在默默坚持了那么久之后，终于遇到了那个叫尔冬升的人。

这一次，希望有更多人听见流星的声音，哪怕只有一秒。

你一无所有，你拥有一切

卢思浩

嘴上说说的人生

那年我在离家前一个劲儿地往自己的硬盘里拷《灌篮高手》，我妈以一副嗤之以鼻的表情看着我，似乎是在说：“这么大的人了，居然还这么喜欢看动漫。”

我不知道怎么回应她，只好耸耸肩，因为我实在无法对我亲爱的娘亲说明这部动漫对我的意义。

你知道，有些歌、有些东西就是有那种力量。哪怕它在你的手机里藏了好几年，哪怕它早就过了黄金期，哪怕越来越少的人会提起它。你就是知道，当你一听到那首歌、一看到那些漫画的时候，就会想到从前的自己，你就会获得一种莫名的力量。这种力量能够让你感受到自己的节奏，让你以跟世界不同的方式独自运转着，让你能听到自己。

在记忆里最让你印象深刻的，一定是当年的自己。因为只有在你嚷嚷着“时间变化太快”的同时，才会发现在那些所谓的“物是人非”里，变化最多的是你自己。我不知道什么样的人生是最可怕的，但是我知道当有一天你回头看，发现你曾经所说的一切，你曾经信誓旦旦的一切都变成说说而已的时候，一定不会好受到哪里去。

好像人一长大，就会把很多东西给弄丢，比如那些简单却能让自己充实开心的东西，比如让自己肆意哭和笑的能力，还有那些曾经一起结伴同行的人。最可怕的不是弄丢了这些东西，而是你变得心安理得。你开始安慰自己，这就是成长，这就是我们最终会变成的样子。你找了个借口继续这样的生活，对以前的自己嗤之以鼻。

只是每当你听起从前的歌的时候，当你看到某个人在他自己的道路上坚持的时候，你都会像被自己扇了一记耳光。

看着别人的努力羡慕一下，然后转身回去过自己的生活的你，又凭什么拥有自己想要的人生?

努力，是为了给自己交代

曾经跟好友为了商谈一个项目去北京，对方是一个标准的“80后”北漂。这是他漂着的第三年，这是他这一年换的第三份工作。他说：“这些年我看了很多人，有些人不用做什么就可以有很好的前景，有些人拼死拼活还是没有办法在这个城市里生存。”

认识一个小姑娘，她曾经差点儿为了男朋友去国外陪读，可是后来他们偏偏分手了。之后她决定一个人去上海，最艰难的时候连饭都没得吃，就躲在地铁站里，不知道去哪里。

以前我总是无法理解他们，明明回到爸妈身边工作更好，何必在大城市里摸爬滚打，还得不到一个很好的结果。然而当我有一天面临选择的时候，我终于明白了他们做决定时的心情。

那个北漂的哥们儿说过，哪怕自己奋斗了一辈子也还是个“屌丝”，但至少这样自己不会再有借口了，不会在老的时候悔不该当初。

其实所有漂泊的人，不过是为了有一天能够不再漂泊，能用自己的力量撑起身后的家。你觉得最好的生活状态是什么？我觉得最好的生活状态莫过于，在你年轻时傻傻地为了理想坚持过，最后回归平淡，用现实的方法让自己生活下去。能实现梦想自然最好，但没能实现梦想也没有什么可惜的。成长的第一步就是接受这个世界的多样性，认识到现实的不美好，然后还是决定要坚持最初的坚持。

小时候我总嚷嚷着，努力是为了改变世界，然而现在的我会觉得，也许我们始终都只是一个小人物，但这并不妨碍我们选择生活的方式。窃以为，那些在看透了生活的无奈之后，还是选择不敷衍、不抱怨、不自卑，依旧热爱生活，依旧努力做好身边事的人，努力便是他们对自己的交代。

就像我曾经跟朋友讨论去哪里工作，最后我们得出结论：其实无论在哪个城市生存都不容易，但无论过成什么样子，都要自己承担得起。

我有勇气做选择，自然要有本事承担后果。

只有行动，才能解除你所有的不安

你说你想要当自由撰稿人，可从不见你努力写稿；你说你想考研，可从不见你背单词、做习题；你看到学霸出没便嗤之以鼻，说这样活着没意思；你看到有人旅行，又不屑一顾地说这只是随大流。我便开始怀疑你挂在嘴边的是不是逃避现实的借口，我开始怀疑你是不是已在一次次的逃避和自我安慰中变得惴惴不安。

于是你慢慢屈服于自己的欲望。明明在几年以后才能有更好的生活，却一定要在现在买最新款的包。每个人都想要达到一定的社会地位和物质条件，似乎结果才是最重要的。然而，你有没有想过，你所谓的所有努力，是为了满足你的欲望还是真的追求上进？就像那首歌里面唱的："多少人走着却困在原地，多少人活着却如同死去，多少人爱着却好似分离，多少人笑着却满含泪滴。"

终于有一天，你发现你拥有了当初所要的结果，可是在那之后，你却再也不知道要怎么继续了。

20 岁出头的时候，请把自己摆在 20 岁出头的位置上。你没有理由也没能力去拥有一个 40 岁的人所拥有的阅历和财富，你除了青春一无所有，但就是你拥有的这为数不多的东西，能决定你是一个什么样的人。

我不知道这个世界上是不是真的有所谓的安全感，我对安全感的定义只有两个：一是别人给你的能量总有一天会消失，只有自己给自己的安全感最可靠，只有行动才会给你带来安全感；二是要记得，不管你是一个什么样的人，你都是你父母安全感的来源。

所以当你觉得不安的时候，请想一想身后的父母，请想一想自己的初衷，然后抬起头继续坚强地走下去。

唯有行动，才能解除你所有的不安。

有梦想，不抱怨

时间一天天过去，我们终会因我们的努力或堕落而变得丰富或苍白。

有时间我就每天花两小时看书，没时间就睡前看二十分钟。做题一遍做不好我就做两遍，文稿要求我写一万字我就写将近两万字，然后再删。写出一篇好文是运气，如果一个人一直在写的话，那就是靠努力。更多时候，世界对你的态度取决于你对世界的态度，没什么好抱怨的。

为什么有人一再受打击还是要继续前行？为什么明明很失望了也不愿意放弃一个人或一个理想？

只是因为他想要向前走，只是因为他还不愿意向世界投降。也许没有人跟你完全一样，也没有人可以时时刻刻陪在你身边，也许我们很久以后回过头来看，会连现在珍惜的人的样貌都记不清了。可是我们最大的幸运却是，即便如此，还是有人愿意在有限的时间里用心地陪自己走过这一段，一起为了梦想努力，经历那些孤单流离。

这样一想，人生也还真是不错呢。

当你看书看到头痛、两眼通红的时候，当你按着遥控器不停转台的时候，当你翻着通讯录不知道打给谁的时候，当你独自穿越人群、看着两岸灯火找不到归属感的时候，你就应该听一首歌或看一本书，想想自己最初的坚持和理由，然后抬起头勇敢地走下去。

你现在一无所有，但你却拥有一切，因为你还有梦想。只要路是自己选的，就不怕远走，生活总会留点儿什么给对它抱有信心的人。

宋家：做伟大人才

余世存

什么是“宋氏王朝”的家教？在我看来，用宋耀如的话就是：培养孩子成人，做伟大人才。这个从海南文昌县（现为文昌市）走出来闯世界的普通农家的孩子，首先把自己培养成人，再把自己培养成了当时世界一流的人才。

宋耀如的学习精神值得称道，他一生似乎没停止过学习。十来岁时，他的舅舅判断他非等闲之辈而决定收养他，养父母让他受益的教育是：“要别人尊重你，就必须比别人干得出色！”当他想求学而养父不同意时，他毅然离家出走。在家乡他学会了织吊床，在漂洋过海的轮船上他学会了吹小号，他向牧师学做人，向将军学经营……这些经历只是小菜一碟，因为他向孙中山学习革命并资助其革命，以西化之人回归中国传统……这些举动更能证明一个学习者向世界敞开的心胸。

宋的创业之路是艰辛坎坷的，但他从不畏难而退。在昆山传教时，他自制小船在昆山和上海之间搞营运，短短几个月便筹足了建教堂所需的费用。在七宝，他购置了单驾马车，载客运货。丰富的经历培养了他的冒险、开拓精神。从海南到爪哇，再从南洋至美国，途经美洲南端麦哲伦海峡时，他经历了惊涛骇浪、船撞冰山、漂流至南极圈、遭遇海盗抢劫……

宋耀如敢想敢做。他经南洋辗转到美国生活，八年后回到上海，他已完全成了我们所说的上层精英：奔走教会，驰骋商海，投身革命，创造了个人从一名学徒到享誉海内外的实业家、从一个虔诚的牧师到民主主义革命先驱的辉煌人生。资助宋耀如进美国达勒姆三一学院（后改名为杜克大学）学习的卡尔将军，在回忆监护、担保宋耀如入学就读这件事时评价说：“这一天是达勒姆历史上难忘的日子，它影响了世界上人口最多的国家的现代史。”

宋耀如在有生之年已经看到了自己和孩子们的部分成功，但更辉煌的还在他死后。他的六个子女都在美国留学，其中三个是经济学博士。用后人的评论说，他的六个子女中，三女都是倾国倾城的绝色天后，三男都是潇洒倜傥的豪门相公。他的家族出了三位国家元首：中华民国开国大总统孙中山、中华民国委员长蒋介石、中华人民共和国名誉主席宋庆龄；出了两位政府首脑：中华民国行政院院长孔祥熙、宋子文；出了两位“第一夫人”：“国母”宋庆龄、“第一夫人”宋美龄。

宋耀如实现了自己的梦想，他说：“只要一百个孩子中有一个成为超人式的伟大人才，中国就有四百万超人，还怕不能得救？现在中国的大多数家庭还不能全心全意培养子女，我要敢为天下先。”

宋自己的超人能力表现在家教上。他平时忙于传教、实业、革命，他对上帝虔诚，对实业敬业，对革命忠诚，但他从未忽略自己的家庭责任。

无论事务如何忙碌，他一回到家便同孩子们打成一片，一道玩耍，一起游戏，在共享天伦之乐的同时，对孩子进行潜移默化的教育。美国作家埃米莉·哈恩称他为“模范公民、教堂的台柱、出色的丈夫和优秀的家长”。

在送女儿去美国留学时，宋对孩子们说：“爸爸要你们到美国去，不是让你们去看西洋景，而是要将你们造就为不平凡的人。这是一条艰苦的、荆棘丛生的路，要准备付出代价。不管多么艰苦，都不能终止你们的追求。”

但他和夫人又从不溺爱孩子，“简直像对待男孩子那样对待女孩子”。他们是“文明其精神、野蛮其体魄”的实践者，遵循孟子“天将降大任于斯人也，必先苦其心志，劳其筋骨，饿其体肤，空乏其身”的教诲，并借鉴斯巴达式训练勇士的方式，对孩子们实行近乎严苛的生存训练和意志训练，要求孩子“纳于大麓，列风雷雨不迷”。在雨横风狂的日子里，宋耀如带着孩子们顶风冒雨，忍饥挨饿，在野外徒步跋涉，以此锻炼孩子们对环境的适应能力。

宋家的家教家风今天仍值得中国人重视。只要有梦，人的生命能量就可以无限大，就可以从底层进入一个卓越伟大的行列。用社会学家费孝通的话，他们是“各美其美，美人之美，美美与共，世界大同”的实践者。

假如生活是一本书

〔美〕艾米·珀迪

假如生活是一本书，而你是作者，那么你会希望自己编写出怎样的故事？当年正是这个想法改变了我的人生。

我在炎热的拉斯维加斯的沙漠中长大，我所向往的是自由自在的生活。我做着周游世界的白日梦，想象着能够住在下雪的地方，并把所有想讲的故事一一拍摄出来。19岁那年，高中毕业后的一天，我真的去了下雪的地方，成为一名按摩治疗师。这份工作只需要用到手，旁边就是按摩桌。那时的我能去任何地方。这是人生中第一次，我感到自由、独立、安全，生活就在我的掌控之中。

但这时我的生活出现了逆转。一天我感觉自己得了流感，便提早回到了家，可是不到24个小时，我便住进了医院，要靠呼吸机维持生命，并且被告知只有不到2%的存活概率。几天之后，我陷入了昏迷，医生诊断为病毒性脑膜炎，一种用疫苗可以预防的血液感染。在接下去的两个半月里，我失去了脾脏、肾脏，失去了左耳的听力，两腿膝盖以下被截肢。当父母用轮椅把我从医院推出来的时候，我感觉自己像是被拼起来的玩具。

那时我以为最坏的日子已经结束了，但是几周之后，当我第一次看到我的新腿时，才意识到远没有结束。我的支撑棒是笨重的金属块，它用管子把踝关节和黄色的橡胶脚固定在一起，从脚趾到踝关节上凸出来的橡胶线，看上去像静脉。我不知道自己想要什么，但绝对不会是这个。当时我的妈妈在我身旁，我们抱头痛哭，泪如雨下。

后来，我套上这粗短的腿站了起来，那可真是太疼了，行动也不利索。我在想，天哪，我要怎么靠这假肢周游世界？怎么过我想要的充满奇遇和有故事的生活？怎么再去滑雪？那天一到家我就爬上了床。此后几个月，生活都是如此，我彻底失去了信念，逃避现实，对假肢置之不理，我在身体上和精神上彻底地崩溃了。

但是我知道，生活总要继续，为了过下去，我必须得跟过去的艾米告别，学着接纳新的艾米。我忽然明白，我的身高不必再是固定的5英尺5英寸（约1.65米），相反，我可以想多高就多高，想多矮就多矮，这完全取决于我跟谁约会。如果我去滑雪，那么脚再也不会被冻到。最大的好处是，我的脚能被做成任意大小，穿进商场里的任何打折靴子。我做到了，这是没脚的好处！

这时我问自己，生活该怎么继续？假如我的人生是一本书，而我是作者，那么我希望自己拥有怎样的故事？我开始做白日梦，我梦到和小时候一样，幻想自己优雅地走来走去，可以自由地帮助身边的其他人，可以去快乐地滑雪。我不能眼睁睁看着自己一点点消磨时间，我要去感觉，去感觉风拂过我的面庞，感觉我的心跳加速。似乎从那时开始，我的人生开启了新的篇章。

4 个月后，我回到了滑雪场，事情没有想象中那么顺利，我的膝盖和踝关节没办法弯曲。有一刻，在上行的索道上，我吓到了所有的滑雪者，我的脚和滑雪板绑在一起飞下了山坡，可我还在山顶上。我当时很震惊，和其他滑雪者一样震惊，但是没有灰心。我知道只有找到合适的脚，我才能再来滑雪。这一次我学到，我们人生的局限和障碍，只会造成两种结局：要么让我们停滞不前，要么逼我们迸发出巨大的创造力。

我研究了一年，依然没有弄清楚要用哪种脚，也没找到任何能帮到我的厂商，所以我决定自己做。我和我的假肢制造商一起随机地装配零件，我们做了一双能滑雪的脚。你看，生锈的螺栓、橡胶、木头和亮粉色胶带，虽然简陋，但我能变换指甲油的颜色哦！这些假肢是我收到的最好的 21 岁生日礼物。

后来我爸爸给了我一个肾让我又可以追梦了。我开始滑雪，回去工作，然后回到学校。在 2005 年的时候我参与投资了一个专为青年残疾人服务的非营利组织，让他们能参与到极限运动中来。后来，我有幸去南非，使那里成千上万的孩子能够穿上鞋子，走路上学。再后来，2010 年 2 月，我赢回两块世界滑雪锦标赛金牌，这使我成为世界上滑雪比赛排名最高的残疾女选手。

11 年前，我失去了双脚，我不知道能做什么。但如果今天你问我，是否愿意回头，让我的人生再回到原来的轨道，我的答案是：NO！因为我的脚没有让我失去能力，而是逼我依靠自己的想象力，相信各种可能性，让我相信想象力可以作为工具，打破所有藩篱。因为在我们的意识深处，我们可以做任何事，成为任何人。所以请永远地相信梦想，直面恐惧。让我们活出自我，超越极限！

虽然今天的主题是关于创新，我的故事看似跑题，但我不得不说，在我的人生里，创新是唯一的可能。因为我的经历让我了解到，那些痛苦与厄运看似是生活的终结，但也正是想象力和故事开始的地方。

所以我今天想告诉你们的是，不要把人生中的挑战和困难当作坏事，你应从正面去看待它们，让它们作为点亮你我想象力的美好礼物。它会帮助我们超越自我、飞跃藩篱，看人生的阻碍能为我们带来哪些惊喜。

（此文为 2012 年作者在 TED 上的演讲）

追　梦　人

依江宁

整个中学时代，嘉倩一直生活在上海。她清晰地记得，在高三的一个黄昏，自己骑着脚踏车，迎着夕阳，对着划过天际的飞机许愿：“明年我一定不能再待在这个地方了。”世界那么大，她要到更远的地方去看看。谁知天意弄人，高考后她被录取进了上海外国语大学。怎么办？她向家里人寻求支持，申请到了澳门的一所大学，后来通过交换生项目，到了爱尔兰，此后又因各种机缘，辗转了大半个欧洲。

回国后，嘉倩获得了一份英国外交部新闻处的工作。熟识的人都羡慕她，她却觉得并没有实现自己最初的新闻理想。比如邀请贝克汉姆来华，大家关注的只是他的名气，而不是他真正做了什么。嘉倩想要的，不是夺人眼球的标题和走过场的新闻，而是了解每个社会角色背后的那些有意思的故事。可惜的是，这些故事被大多数媒体忽视了。

2012 年年初，嘉倩写了一本关于青春历程的书，但没能顺利出版。她有些郁闷，便在网上写了一篇日志。有网友给她留言，建议她自己印刷来卖。嘉倩心想，与其拿来“卖”，还不如拿来作为和有意思的人交换梦想的信物呢。这应该是一件很好玩儿的事情，她写下这个想法，征求陌生网友的意见，没想到真有人感兴趣。

一个网友给嘉倩写信说：“我想当服装设计师，我用自己设计的第一件连衣裙来交换你的第一本书吧。”

还有一个山区老师，愿意用班上 70 多个孩子有关梦想的画作，跟嘉倩交换她的两本书。她的信箱里一度收到了上千封来信，这让嘉倩受到了极大的鼓励，也让她沉思：电视、杂志媒体里的故事，不是大明星就是成功人士，在闪光灯下格外耀眼，但那些上不了达人秀舞台的普通人，四肢健全，父母健在，或许做得不够出色，或者是运气不到，处于尴尬的境地，但照样有自己的梦、有自己的故事啊。

人生有许多种可能，嘉倩想知道从事其他职业的人最初是怎么认定梦想的。嘉倩心中涌起一个更激动人心的计划：和平凡的陌生人交换梦想。

这是一个疯狂的想法。2013 年的春天，当嘉倩向家人提出准备辞职去执行自己的计划时，妈妈极力反对，甚至一度要和她“断绝关系”。看到嘉倩默默收拾好行装准备出发，父母最终选择了支持。

“交换梦想”才开始一个月，嘉倩就碰到了一堆不顺心的事。在武汉，她被“随机播放”的天气撂倒，发烧，喉咙发炎说不出话，在当地医院里挂了 3 天点滴；3 月的时候去重庆，整个行李袋被出租车抢走；家里从小到大吃饭清淡，多一点儿盐就敏感，到了成都吃什么都是重口味；严重路盲，赴约常迟到或者早到好几个小时，甚至被访者不得不来到嘉倩的住处接她，即使在家乡上海也如此。

但她依然坚持，因为每个人的梦想背后都有一个故事。

在成都，嘉倩遇到一个想当演员的姑娘。现在网络平台的选秀节目有各种路子，女孩儿很想去尝试，可她过不了妈妈这道坎。她妈妈是小学老师，快退休了，思想守旧，眼里似乎只有 3 种职业：老师、公务员，还有给人打工的。妈妈自从离婚后一直独身，身体也不好，作为女儿的她背负了许多期望。她能面对观众的嘘声，但如果没有最亲的人的支持，梦想只是半成品。能不能说服爸妈，渐渐成为年轻人为梦想出发闯一闯要面对的大坎。

她也看见，不少人克服了这些阻碍，真的出发，让世界打开了大门。在重庆、武汉，她认识了几位女孩儿，为了追寻自己认定的快乐和价值，放弃了之前优越的职位，“人生就是找到自己的位置，然后做这个位置该做的事情”。有一位现在是书店员工，虽然累点儿，但她很喜爱这份工作。学计算机的武汉女孩儿在合唱队找到了“第二人生”，而合唱队队长是位哲学博士，最终在音乐里找到了热情。

她也看到了很多不同的幸福。在陕北窑洞，嘉倩在约访对象的奶奶家住了 5 天，在山里玩耍，第一次看到成片的枣树和棉花，她兴奋不已。山里的孩子童年拥有的财富是整个大自然。

从 2013 年年初到年尾，嘉倩约见了近 600 个人。从梦想到家庭，再到爱情——一路上，嘉倩关心的主题一直在变，但始终不变的，是她对自己生活的思考。

嘉倩说：“每个人的心都是一个世界，当你走进它，会发现很多事情真正的原因，一些原来看似不可理喻的东西，也就释然了。其实在更深的意义上，这也是我的人心之旅，他们脚踏实地的生活状态深深感染了我。”

没有想到的是，在和陌生人交换梦想的过程中，嘉倩竟然会用自己小小的力量影响他们。在南京的一些大学做梦想分享会的时候，一个女生说她想当插画师，但她学的不是美术类专业，听了嘉倩一路交换梦想的经历，她说："从那一天开始，我天天都画画了。嘉倩，我现在画了一幅画，叫《嘉倩狂想曲》，这是我画的第一个作品，是我踏上这条路的第一步。"

每听完一段故事，嘉倩都会请求受访者，录一段话给未来处于最低谷的自己。这样做的原因要追溯到她的留学生涯：那一年，她只身来到荷兰，接连遭遇了注册不成功、学生证丢失导致补考等问题。在人生的低谷，她无人倾诉，只能自己鼓励自己。后来，她开设了一个"倾诉邮箱"，至今已收到了不下 1000 封邮件。她发现，其实大多数人都与自己有着相似的诉求。"别人再多的安慰，其实真的不如几年前的你对自己说的'一切都会过去的'那样有力量。"

也许 10 年后，嘉倩会找到这些讲故事的人，记录他们在这 10 年里为梦想所做的努力。然后嘉倩会问："当年的那个梦想，你实现了吗？是不是现在的你，成了你当年不喜欢的人？其实这样也很好，实现梦想的过程，就像恋爱一样，永远都在追求的路上，适不适合、追不追得到，都是一种修行，有时简单有时难；然而这一切终归是快乐的，不会带一点儿后悔。"

上帝偏爱奔跑者

罗伟

2013 年，英超豪门阿森纳足球俱乐部的官方网站发布了一部短片，纪念一位越南的“Running Man”（奔跑者）。片头是：每一个故事里都有一个英雄，在这一次的旅途中，英雄出现了——The Running Man。

短片一经发布，这位越南球迷即刻风靡全球。

发布前一天，阿森纳队刚刚抵达越南。作为一支英超球队，此番访问越南尚属首次。因此，他们一到，立即引起了轰动。一群狂热的球迷一路奔跑，追赶着偶像乘坐的大巴车。可是，路途很长，车速也不慢。许多人在追赶一段后便放弃了。可是，有一个小伙子却一直坚持着。

小伙子 20 岁上下，肤色黝黑，笑容爽朗。尽管大巴车一直以较快的速度前行，可是，他奔跑的速度也不慢，总能适时跟上。小伙子不断地朝车内的群星微笑，向他们挥手，向他们竖起大拇指。车内，球星们也不断回应，露出善意的笑容。

大步奔跑，不断挥手示意，始终不渝地微笑着。这样的奔跑画面感染了每一位阿森纳球员。他们不断地朝他挥手、微笑、呐喊。车有多快，奔跑便有多快。那是一条长长的道路，途经闹市、街道、人群……一边望向车内，一边急速奔跑，他免不了摔跤。是的，他因一根灯柱而摔倒过，他因一棵大树而撞着了头……每一次，当他摔倒的时候，球星们便发出遗憾之叹。可是随即，他们又欢呼起来：这位了不起的小伙子迅速从地上爬起，仍然保持着那爽朗的笑容，向他们挥手，跟着他们继续前行。他不曾停歇。他只知道，他要一直追赶他们。就如夸父一样，这是一个奔向太阳的史诗般的“英雄”。

目睹这位充满激情的小伙子奔跑、跌倒、爬起、微笑、再奔跑的过程，球星们对他肃然起敬。所有的球员都跑向车厢那一侧，对他唱了起来：“Sign him up（签下他）！ Sign him up……”当然，这是玩笑话，但是，这位球迷身上的热情与激情深深打动了他们。

他跑了足足5公里。

他终于乏了。不过，他没有停下，而是换乘一辆摩托车，继续他的“追梦”之路。

看着他如此不懈地追逐，带队教练终于发话，停下车，为他开启了一扇通向梦想的大门——他有了与阿森纳球员零距离接触的机会。见自己的奔跑没有白费，他振臂欢呼。与他一齐欢呼的，还有车上所有的队员和教练。

车内，所有的球星一一起立，迎接这位他们刚刚“签下”的新成员。小伙子与他们握手、拥抱、合影，求取签名。他与阿尔特塔并肩而坐，一只手友好地搭在这位著名球星的肩上，另一只手则振臂高呼。这样的一张照片成了阿森纳与球迷合影的经典之照。前锋吉鲁把这一过程完整地拍了下来。当他把视频放上Facebook时，全世界的人都惊叹了。有网友评论说：“惊人的耐力、体力和忠诚度！难道他就是温格传说中的7000万引援？签了他！”

这是幽默而善意的评论，还有很多人为他喝彩。

可是，更令人意外的是，2013年7月17日，当阿森纳队与越南队一同出现在绿茵球场时，这位“奔跑者”居然获得了与阿森纳球星一同出场的机会，成为阿森纳“名副其实”的“首发”球员。站在球场上，他与波多尔斯基谈笑风生。他参加双方球员例行的握手仪式。赛后，他还获得了温格赠送的机票、球票和酒店住宿待遇。于是，在将来的某一天，这位幸运的“奔跑者”将前往伦敦，去观看足球比赛。

对于一位追梦的人来说，这也是他获得的最高礼遇。这位红透全世界的越南小伙子，在忘我的奔跑中追寻到了他的梦想。这不仅仅是一个球迷对于球星的向往和追求，更是关于青春、关于“梦”的追求。就在那样疯狂的奔跑中，他实现了原本遥不可及的梦想。

所有的球迷在为他高兴的同时，也在艳羡他的境遇。

然而，并不是所有人都那么“幸运”。因为，世界上分为两种人：一种是奔跑者，一种是观望者。

而上帝，往往偏爱那些拼尽全力的疯狂的奔跑者。

命 运 之 上

刘大铭

过去的10天中，我蜷缩在这张异国的病床上，等待时间的救赎，母亲则坐在我的床边，我们的手紧紧地握在一起。她轻抚着我的头发，亲吻我消瘦的脸颊。这样简单的动作，会持续无数个小时。一天之内，除了吃饭与置换液体，几乎没有人走进我们的小屋。百叶窗向我昭示着昼夜的交替，大片的绿色是我眼中唯一的胜景。我的心沉醉于这安逸的氛围中，一时之间，竟想将时间定格。

手术已有一段日子了，但我只能微微地向左侧身，我感到右侧肋骨阵阵刺痛，但当我问医生时，他严肃地告诉我，一切都很好，右侧没有任何问题。我渴望能够克制住疼的感觉，转身朝右侧躺着，哪怕一分钟，我也感到心满意足。我想起去年的仲夏，我躺在卧室的床上，因燥热的天气与扰人的蚊虫而大肆地在床上翻滚时的情景，一年过去了，我却失去了转身的能力。倏然间，我发觉自己未能好好体味、珍惜那些自由的时日。我终于明白，越是简单的东西，在失去后就越发显得珍贵。我庆幸着，此刻自己还可以自省。

当下的情况是，我迫切地想翻身，朝右侧翻身。我发誓，无论多么疼，也一定要在今天翻向右侧。这是我在心底对自己要求的底线，一种发自灵魂的尊严，与潜意识中对自由的渴求。

趁着母亲为我分拣饭菜的间隙，我用左手支起身体。我清晰地感到，身上每一根汗毛都战栗起来，它们仿佛预感到了将要到来的危险，个个惊慌地摇摆着。我开始向右侧用力，一点点将力量集中至腰椎，1 度，10 度，40 度，我用胳膊的弯曲程度丈量着翻身的成果，90 度就能成功了！我未感到疼痛，哪怕一丝一毫的疼痛也没有，当我翻转至 70 度时，我甚至以为自己已经康复了！我怀疑自己，疼痛只是长久以来的幻觉，真正阻碍我的，是内心的恐惧与虚妄的假想。医生是对的，或许我真的蒙蔽了自己。

5 分钟后，我已经完全向右侧躺着了，无与伦比的喜悦让我一时失去了语言能力。映入我眼帘的是截然不同的风景：蓝色的门框，淡黄的墙面，白色的地板，以及我那诚恳的老友——那辆深红色的轮椅。我感到脖子传来无与伦比的舒爽，几天来，右侧的肌肉以惊人的速度衰退着，直到现在，它才重新派上了用场。

“妈，我翻身了！”

母亲转过身来，略微愣了几秒后，快速地向我走来。我张开双臂，我们紧紧地抱在一起。

“妈盼这一刻好久了，好样的，儿子，你是最勇敢、最坚强的战士！”

我又想流泪了，尽管这是一个极为平常的动作，但于我而言，却是最真实、最重大的胜利。当下，我只想保持这个动作，尽情享受这独一无二的视角，感受肌肉的舒畅与坚持带来的收获，我又一次燃起了对明天的渴望，我预感到，它一定会十分生动。

我已经好久没想过自己的生活了。闭上眼，脑海中呈现出上学时的小径、教室的门窗、师长们和蔼的笑脸及亲友们殷切的期盼。生活于我，是这样与众不同，我与她邂逅时，她躺在那里，病怏怏的，不肯说话，她几乎已垂死。18 年来，我与她朝夕相处，试着挽起她柔弱的手臂，亲吻她洁白的额头，与她坦诚而贴心地交流。这一刻，她恢复了生机，生出了对我发自内心的爱慕，我无法入睡，沉醉在幸福中无法自拔。

疼痛之后，我获取了生存的底气，像将要淬炼钢铁的火焰那样，我感到万千的温度已点燃了我滚烫的身躯。我终于有勇气重新去规划未来的蓝图：我想通过切实的努力，考取一所顶尖名校，或许因病痛，我耽误了些许时间，但我想，总会有那么一个伟大的学术殿堂，眷顾我的意志，倾心于我的能力，愿意给予我更为宽广的舞台；接着，我想拥有一份事业，令我独立而光彩地活着，创造一个更加能发挥个人意志的圈子；最后，我想拥有一位挚爱的妻子，与她一起走到生命的尽头，一同陪伴亲友，体味生活的乐趣。我想，爱情不该仅是浪漫的誓言，或为了生计机械地过活，它需要灵魂，需要坚贞不渝地对未来充满渴求，然后在时间的考验中，顿悟生命，享受感恩的快乐。

这一切并不容易，我将承受来自四面八方的阻碍与抨击。可我又想，当整个中国无法为我做手术时，只有我还坚守着那一丝希望，执着于自己的内心。我质疑了世界，得到了应有的回报。当成功的先例在生命中得以印证，当死亡的镣铐被生存的渴望挣断，试问世上还有什么艰险能阻碍人伟大的意志呢？我想不出来，我想我一辈子也无法得到准确的答案。

抱怨着出身的低下，堕落于无用的享乐，屈从于失败的命运，妥协于现实的枷锁。或许一时的清醒与坚强的意志，便可改变人一辈子的轨迹吧。我终于找到了受教育的意义，我不顾一切地去学习，不是为虚荣地向别人说自己是名校的毕业生，也不是以功利为价，渴望某一日能获取体面的工作与高薪。我想要的，只是整个世界的认可与尊重，我想做的，只是不让以上 4 种人间惨剧在我身上上演。

有朝一日，当我将要死亡时，我不会惧怕，不会动摇，我会像往常那样，陪父母聊天，与妻儿一起旅行，为亲友奉献能量，亲手再为世界种下一株自由的蒲公英！我躺在病床上，真切地感觉到，即便此刻疼痛正席卷我的全身，下一刻我便陷入混沌，甚至于离开世界，我也不再害怕，我已找到了活着的定义——过去的 18 年，我终于没有虚妄地活着。而这令人绝望的手术，给予我的已不仅是能够存活的肉体，我获得了一份命运之上的心态，它将随我终生，直至灵魂灰飞烟灭。

这是多么真实的快乐啊，疼痛即将消除，我能完好地坐着，舒服地躺着，开始像多数人那样追逐梦想，为了生存去创造生活的价值。倘若有一天，活着的标准不再以心脏、脑细胞、瞳孔来衡量，世界便真的要天翻地覆了。我预感到，所有的人将会站起来，视理想与宽容为己任，用一生的经历去感悟生命的价值，那时，苍穹之下将盛开自由之花。

这是我真切的梦想，我愿为它付出一切！我成功地向右侧翻身，不仅仅翻过了残破的躯干，更重要的是，灵魂也翻天覆地了。

失明二十年

王志敏

到今年我已经失明整整 20 年了。

记得上大学时有老师讲："充实时间"在经历时感觉非常短促，而回忆起来会变得格外漫长；"空虚时间"则恰恰相反。照此理论，我怎么也算不清楚自己这 20 年到底是充实还是空虚，因为无论经历中还是回忆时，都不曾感觉弹指一挥间。

曾有人好奇地问："你们盲人住的房子也有窗户吗？"也听到过两位省级电台主持人在播报一条盲人开餐馆的新闻时如此点评："盲人怎么切肉呢？""他们不用刀切，用手撕。"已经移居加拿大的童年挚友坦率地说："我是怀着一种对盲人世界的窥视欲去读小说《推拿》的。"

我从出生直到 28 岁失明之前，从未接触过任何盲人，关于盲人的所有概念，除了远远地看到过盲人在马路边手持竹杖踽踽独行的身影，就只有

“《荷马史诗》《左传》《钢铁是怎样炼成的》以及二胡曲《二泉映月》的作者都是盲人”了。失明前也从未想过该怎样接触盲人，想来若要走近一个盲人，就如同走近一间没有窗户的房子——忐忑、犹豫，甚至有些许恐惧。更不会想到今生今世从某一天起，会被打上“盲人”的标签，加入这个遥远、陌生且有些神秘的群体。

望不透的云雾里，只想睡上一千年

手术一次接一次失败，视力一天天衰退，想到就在不远的前方，整个世界将在我眼前消逝，然而无法逃脱、无人能助，我所能做的，只有独自在家时无所顾忌地号啕。

在大大小小的医院、林林总总的疗法、形形色色的医生之间往来穿梭，那种期盼柳暗花明的努力，就像一个人拼命想要留住捧在手中的水，殚精竭虑，却徒劳无功。

或许是因为有一个充足的“预备期”，或许是看到医护人员和家人们都已倾其所有、竭尽全力，或许持续几年的努力和不懈抗争已使身心极度疲惫，再也无力痛苦、悲伤……完全失明后的我心境出奇的平静，天天只管睡到自然醒，想什么时候起床就什么时候起，想中午吃早饭就中午吃。就这样吧，永远这样，什么也不想、什么也不做，没有期盼、没有失望，任凭天翻地覆、日月轮回，我自顾自“坐地日行八万里”。

周围的世界在眼前消失了，却依然清晰地呈现在梦境中。在那里，天依然碧蓝如洗、群星闪耀，花儿永远千娇百媚、姹紫嫣红，妈妈从不愁眉紧锁、泪光盈盈……多想盘桓其中长睡不醒，多想就此睡上一千年。

然而，沉沉的梦境总还是要被纷繁杂沓的现实生活惊醒——一阵不紧不慢的敲门声，像来自另一个星球的造访，把我这个小小的、舒适安然的世界震得地动山摇，我屏住呼吸紧贴着墙壁站定，惊恐地望着门口的方向不知所措——一次又一次地与半开着的门侧“热情相拥”，让我的嘴唇瞬间肿起、鼻子鲜血淋漓、额头块块青紫。一个小我七八岁的病友，失明后两次把家里砸了个稀里哗啦，他父母大气不敢出地任由他暴力破坏……我们就只能这样，真的别无选择了吗？

七年整，下意识地拒领残疾证

失明后的第一个春节来临，家家户户都在忙忙碌碌地准备过年。我不知道该做点儿什么，以往洗洗刷刷、擦玻璃的任务似乎已经无法胜任。

让我稍感欣慰的是，家里也是一派欢度春节的景象，没有因为我而一片愁云惨雾。妈妈给我买来一件红毛衣，摸着那软软的、厚厚的大毛衣，像触到妈妈柔柔的、饱含深情厚爱的心。我一向不很在意过年是不是有新衣服穿，更何况此时我对任何服装都“视而不见”了呢。可这次我刻意向每一位来家里的亲朋高调展示我的新毛衣，大声炫耀它带给我的美丽和快乐。多么希望我的表演不太拙劣，真的好想我能借此驱走妈妈和全家人心底的忧伤。

适逢家人正准备回江苏老家探亲，我立即要求与他们同行。整个旅途本没有什么特别，上车、下车，汽车、火车……但对于我，这是失明后第一次远行。坐在隆隆行进的火车上，想象着窗外的山峦田野、阡陌纵横，听着火车已在跨黄河、越长江，沉寂已久的心底激流涌动、欢腾雀跃。火车驶过南京长江大桥时正值子夜，我把脸紧贴着车窗，随着那节律分明的轰隆声，我看到了窗外一个又一个急速闪过的大桥上的灯光，心里一阵阵悸动。

然而离开了熟悉的家，在一个又一个不熟悉的环境中穿梭，我很快就觉得自己变成了一只坛子，被别人搬过来、挪过去；自己的手脚都像是木偶的肢体一样，由别人的指令来牵动。沮丧在心里层层累积，越积越厚，我或许真的不该有此一行，我除了让亲人们看着我难过流泪，除了给大家多添麻烦，于人于己究竟还有什么意义？坐上返回的列车，我的心情跌落到了深谷。

列车上的旅客多得出奇，把过道挤占得密不透风。我们的座位刚好是在车厢中间，近 20 个小时的旅程中仅有的一次去厕所，让妈妈和我经历了一场空前的跋涉。为了不致踩到横躺竖卧在过道中的人们的脸或腿，妈妈不得不小心地向前迈出一步，转回身来用手扶住我一只抬起的脚，按到可以落下的、人们肢体间的小空隙。如此一步又一步往返半个车厢，有如跨越千山万水，终于回到我们的座位时，妈妈和我都已是气喘吁吁、大汗淋漓。心境却比身体更加颓丧，几天来积蓄在心底的沮丧、哀怨潮水般涌起，一浪高过一浪地冲上来。

这就是我脚下的路吗，这就是从此以后属于我的路吗？我拉过挂在窗边衣帽钩上的风衣遮住脸，任凭泪水无声地流淌……这次出行让我不再向往窗外以及远方，而宁愿蜷缩在家里，死心塌地地享用属于我的从墙到床、从门到窗。哪怕时不时地穿反了衣服、打碎了茶杯，甚至洗完澡把一条腿摔得髌骨滑脱，也不曾想过我还可以怎样调整、改变自己的生活。应该说，我在这段时间里严重缺乏必要的、从心理到定向行走以及基本生活能力的训练。我既不知道应该到哪里去接受这样的训练，也不认为这些学习对我的生活能有什么帮助。我想当然地相信：一个没有了视力的人，除了推拿按摩，什么也做不了；一个眼前不再有绚丽多彩的世界的人，他的生活还能有什么情趣可言？非但如此，我失明后整 7 年没有去办理残疾证，意识深处有一个声音幽幽地说：只要没有领取残疾证，就不是残疾人。

与小点点灵犀相通，触觉打开世界

没有了社会生活，没有了最基本的阅读，仅凭一台小小的收音机，怎么能填满 28 年正常生活撑开的胃口？平生第一次理解了高尔基所说的“像饥饿的人扑到面包上一样读书”。以往的读书，是为升学、为探索、为消遣，甚至为虚荣，从没想过为生存读书，如一日三餐不可或缺一样读书。

原以为盲文是一种完全独立的文字，要像学外语一样才能学会，却发现原来它就是汉语拼音字母的点字符号，我没费什么事就记住了 50 多个字母和主要标点的点位。我踌躇满志地翻开了盲文书的第一页，心想，只要能读完这本书，所有的盲文书就都不在话下了。岂料一下子，我就掉进了点点的海洋，摸不出字母也分不出行。一段短短的、用眼睛看不需半分钟的“出版说明”，我整整摸读了 5 个多小时，直累得手指麻木、浑身是汗、欲哭无泪。这才明白，对于成年后失明的人来说，真正的困难并不在于记住盲文点位，而在于怎样才能让已经迟钝的触觉开化，与那些小小的点点灵犀相通。

终于读完了失明后的第一本书，却发现，盲文书籍的种类和内容的局限大大超出了我的预料。无奈之下，全家老小齐上阵：父亲连续几小时给我读书报杂志，直读得第二天嗓子沙哑得说不出话来；不住在一起的弟弟夫妇轮流用录音机录下他们为我读的书籍，每次来看望我时都会带来新制作的卡带；年仅 9 岁的小外甥在紧张的学习空隙担任了“小书记员”——既负责阅读又兼管抄稿。在此期间，我的 3 篇文稿先后在北京人民广播电台播出，在中央人民广播电台的征文大赛中获奖，其中两篇的抄写出自 9 岁的“小书记员”之手。

始料未及，外语给我打开了奇妙之门

在这日复一日的读读写写中，我的世界悄悄地越过钢筋水泥，向着窗外的广阔天地伸展。我在不知不觉中以别样的方式与社会发生关联，也收获着种种意想不到的体验。我开始认真考虑该怎样才能尽可能少地寻求别人的帮助，把自己的时间充分利用起来，省得没事就发呆、发愁，毫无意义地胡思乱想。首先想到的就是学外语，这可是个既占时间又占脑子的活儿。于是，上大学时的课本、同事的教材、广播电台中的英语教程一个个都排进课表，紧一阵、慢一阵，冷一阵、热一阵地学起来。随着 4 台录音机从我手中相继退役，自己明显感到英语听力有了大幅提高。

真应了那句老话：开卷有益，学习外语给我带来的奇妙经历是我自己也始料未及的。一个偶然的机会，我得知了美国海德里盲人学校及其中国分校，我可以足不出户、不付分文地在近百门课中选修任何一门课，在专职教师的指导下学习。我们和美国老师跨越半个地球在网上相遇，就像面对面促膝交流。小我 9 岁的盲人博士获得过富布赖特奖学金，她作为志愿者在线辅导中国视障学员学习英语 7 年多，我和其他 3 位学友配合她在线制作的一档节目在美国 NBC（美国全国广播公司）播出。当她幸福地走进婚姻殿堂时，我们都同步在线参加她的婚礼，我被指定代表中国学员致贺词。直到现在，想起那两分多钟的英语贺词在大洋彼岸的一个小教堂里、在有 80 多位美国人参加的婚礼上响起，我的心还会不由自主地绷紧。

最让我着迷的是学校不定期举办的在线讨论，虽然对我来说几乎每次都是在深更半夜进行，而且形式上只是坐在自家的电脑前敲敲键盘，但我确实感觉是走进了一个异国大厅，作为唯一的中国人与来自美国、加拿大、英国、巴西、菲律宾、印度、巴基斯坦等国家的盲人朋友直接交流。学习探讨的主题囊括了盲人生活的方方面面，除了最新发布的一些盲用软件及其功能介绍，还涉及烹调、园艺、木工、读书、求职、旅游、瑜伽、滑雪、钓鱼……钓鱼还没来得及尝试，我自己倒是从网上“游”进了北大校园。2008 年年底，我在中盲协推荐下赴北京大学接受全封闭英语口语培训（TIP），成为北大开办 TIP 以来第一个全盲学员。

每一天，我都不知是谁在幕后帮了我

一台配上读屏软件的电脑，对我来说意味着什么？说它是长出的第三只眼睛、是通向世界的大门、是提高生活质量的利器……都不为过。它让我压抑了 10 年的自由读书的愿望，如决堤之水汹涌而出；它让我实现了独立撰写、编辑、发送文稿，解放了一家老少；它让我随时可以搜集最新的专业资料，与学养深厚的前辈导师交流探讨……在上网冲浪中，有一件“小小的大事”一定要说、必须得提，那就是验证码。说它小，是因为大概没有一个明眼人会把验证码当回事；说它大，是因为它可以随时让所有盲人在互联网前止步。小小验证码奈何不了任何一个正常人，却让每位需要上网浏览的盲人无计可施、对网兴叹。直到两三年前，两款识图、听图小软件的问世，终于一扫验证码的威风，让上网冲浪的盲人再不受这小东西的欺辱。

要知道，绝不是这两款软件中的任何一种会读出验证码，而是它们背后都有数百名在线志愿者帮助盲人们查看验证码。这两种软件把盲人与志愿者在网上连接起来，通过它们发出和送回必须读取的验证码，一般来回不过半分钟。随意点击其中一款软件，它显示：在线志愿者 24 人，用户 9191 人，今日服务 1398 次。我永远不会知道是哪位志愿者帮我查看的验证码，这些始终藏在幕后、不露真容的志愿者让我感受到的是来自整个社会的支持与关怀，我不知道该到哪儿去为他们点个大大的“赞”！

2014 年 9 月初，一个不期而至的来自母校的电话，在我的家庭和朋友们中引起了不小的震动——我受母校聘请，担任学校心理教师。我开始全心地投入新工作，做专题讲座，办心理小报，为学生们编写校园心理剧，与家长们深入探讨孩子出现的种种问题……

20 年过去了，如今的我确信：点点曙光，自会寸寸染红夜色。

种植童话的人

三秋树

如果20岁就成了千万富翁，你会选择做什么？开豪车、住别墅、环球旅行？北京女孩儿张娇选择了进驻荒野，用青春换来一片新绿。20年，她从“富姐”变成“负婆”，却不肯动那片被估算至少值5亿元的九里梁山上的一草一木。

从时尚北京妞到村妇

回想起2012年的冬天，张娇依然心有余悸。

2012年11月2日和3日，北京西郊延庆县的雪一直在下。这场雪比往年来得要早，其强度也远在张娇的意料之外。7日，张娇所在的九里梁山已经断电断粮，她不得不摸黑在山间步行近5公里，才找到一处有通信讯号的地方，给远在北京的朋友打了求助电话。中午，救援队步行3个小时才到达张娇的家。此时的她，由于刚做完心脏手术没多久，身体还处在恢复状态中，已经气息微弱。救援队再次下山给她买了速效救心丸。回到北京的家里，张娇只待了两天，便带着募捐来的 1 万斤玉米回到了山里。大雪封山，那些野生动物和鸟儿何处觅食？涉雪而行，跌倒又爬起，看到几只饿死的麻雀，张娇的心揪得紧紧的，她小心地把那些僵硬的尸体埋在了树下，马不停蹄地四处撒玉米……每多走一处，心便踏实几分。

张娇依然记得 20 年前，坐在九里梁山间那些新伐的树墩上，泪如雨下的那份心痛。那时候，她还是一个地道的北京妞，以小学 5 年级的学历行走江湖，去海南进香蕉、去四川贩橘子、去东北买大米，一车皮运进来，几十万甚至几百万元便揣进了兜里。张娇用短短几年的时间，让自己的银行存款高达 1800 万元。先富起来的张娇没有什么特别的爱好，就喜欢一个人待在山里，和大自然在一起。只有和山与树在一起，她才觉得安静舒适。

九里梁山是她曾经无数次流连的地方，可 1994 年的秋天，当她来到这里时，只看到了被齐刷刷砍断的树木。树倒百兽散，这里成了真正的荒山野岭，当地的村民纷纷搬迁了。在新版的北京地图上，九里梁山的名字消失了。

那天，张娇哭了，她在那份真实的心痛里看清了自己——日进斗金的生活并不能真正让她快乐，她要用赚来的钱让这片荒山重新枝繁叶茂起来，让那些如自己一般喜欢森林的人还有地方可去。彼时，九里梁山所在的延庆县正在招商引资，张娇以 200 万元的价格承包下九里梁山，期限 30 年。

所有人都觉得她疯了，包括男友，这个曾经陪她走南闯北的发小同她一样是先富起来的那部分人。等到他得知这件事情时，张娇已经在九里梁山了。男友去找她，指着荒山秃岭对她说：“你这叫蚂蚁啃大象。你放着好日子不过，跑到这里来吃苦受罪，早晚有一天你会后悔的。”张娇只说了四个字："永不后悔。"男友负气离开了，他觉得，张娇一定会回到北京城，她不过是一时兴起罢了。

在白纸黑字的合同上写下自己的名字后，张娇先是去了神农架和大兴安岭。看着那令人叹为观止的原始森林，她觉得自己从未如此热血沸腾过——她要把那2万亩的荒山野岭建造成这样的森林，让万千物种和生灵百兽回家。

张娇买来各种野草种子，带着上百名工人，漫山遍野地撒种。有着旺盛生命力的野草很快便生根发芽，为荒原披上一件绿色的外衣。它们先是覆盖了灰尘，留住了水土，然后一茬一茬地枯萎，肥沃着脚下的土地。为了避免工人们怠工，她先是自己动手干活，估算好一个壮劳力的工作量，然后给工人定任务量，若完不成，决不付工钱。对此，有人抗议，张娇二话不说，拉着工人进山，让其亲眼看看自己是怎么完成他一天没有完成的工作量的，然后问他："还好意思跟我提钱吗？"

在林间，她身手敏捷地爬树，和工人一道，将水曲柳、黄菠萝、楠木等珍贵树木的种子摘下来，等到来年的春天再种下去。她还无师自通地发明了一个灭虫的好办法——在寒冷的冬季到来之前，在树下垒起一个又一个温暖的草窝，害虫们便将虫卵产在草窝里，这样，工人们就可以轻而易举地端了它们的老窝。

寒冷冬日，大雪封山，仅存的一些野生动物们都到张娇和工人们的家里来寻找食物。对送上门来的野味，工人们兴奋地布下天罗地网。张娇发现后，愤怒地拆掉了那些设备，严厉地对他们说："这山是它们的家，你们这样做，跟入室抢劫有什么区别？都是生命，凭什么你们就可以吃它们？今天就立下一个规矩，谁敢动这山里的一兽一鸟，谁就别想拿半分工钱。"

张娇可以约束工人的捕猎行为，可她无法阻止众多的当地山民。对他们来说，上山砍树、围猎是祖祖辈辈的传统。山民们的行为遭到了张娇的阻止，矛盾不断升级，几百号山民纠集在一起，个个拿着砍刀，要将张娇赶出山去。在一次冲突中，张娇受伤了，她以空手迎砍刀的气势吓住了山民，但收刀已经来不及了，她的手掌被割开一个长达 8 厘米的口子，鲜血如注。工人先将她送至山下的卫生所，简单包扎后，张娇被闻讯赶来的男友带回了北京。

在北京的日子，妈妈、弟弟、妹妹以及男友轮流陪在她身边，尤其是妈妈，摸着女儿粗糙的双手，一直落泪。大家希望以家的温暖唤回她，可一个星期后，张娇还是偷偷地走了。走时，她给男友写了一封分手信，她说："我的确着魔了。人在家里，心却全在山里。忘了我吧，祝你幸福。"信纸上，有斑驳的泪痕。

张娇舍不得这份青梅竹马的情分，可是，山里的生灵们更需要她。

山民们与张娇之间的矛盾，并没有因为张娇的受伤而停止。他们偷偷在山里放捕兽夹子，张娇再一次受伤，左腿血肉模糊，差点儿落下残疾。脚伤刚好，她又偷着从北京的家里溜回九里梁山，回程的汽车上，一个男子坐在了她的身边——是男友。他说服不了她，只能选择陪她一起着魔。

1998 年，两人在山里举办了简单的婚礼。那是张娇人生中最为幸福的时光。每天，两人日出而作、日落而息，24 小时都在一起。老公也曾有过厌倦山里生活的时候，张娇便让他回北京，可真正回到车水马龙的都市，他又开始想念这里的一切。他原本以为自己可以改变她，但时间流逝，张娇把他改变了。

从千万富姐到“负婆”

年复一年，2 万亩的荒山终于有了森林的雏形。第一次在林子里看见金雕时，张娇并不认得它，她将拍的照片发给北京的朋友。朋友很快回复：它叫金雕，属鹰科，是北半球著名的猛禽，也是国家一级重点保护动物。

看着朋友发来的短信，张娇没能忍住激动的泪水。那样的幸福，只有她自己知道到底有多么来之不易——在张娇的心中，九里梁山就是一个曾经惨遭灭门的家。而她要做的，就是让它重新兴旺起来，让它流离失所的孩子们回家。如今，它们回来了。

这样的喜悦纷至沓来。在这个“人工保护林”里，野鸡、喜鹊、啄木鸟、大山雀、金翅雀、松鸦随处可见，而且能够见到金雕、红隼等珍稀物种。鸟类的生态链，已经很健全了。

不几日，有工人告诉她，在山上看见了狐狸、野猪，还有金钱豹。张娇循山而上，果然在树丛中发现了这些野兽的脚印。那天，一个工人气急败坏地对张娇说，一夜之间，山下的玉米园被獾子糟蹋了大半。张娇一点儿都没生气，在夜间悄悄地潜伏在玉米园附近，看着野猪和獾子时而抢食，时而分工合作，发出幸福的咀嚼声，吃饱喝足后，在田野里打滚儿。那一刻，张娇开心极了。

为了让这些野生动物获得充裕的食物，张娇把 1000 只鸡养大后，全部放入山林，作为献给这些动物的贡品。她还养过七八百只羊，大多也贡献给山上的生态系统了。甚至连她种玉米和蔬菜的菜地，也成了野猪、猪獾和狗獾们的乐园。环境恶化，这些“流离失所的孩子们”吃了许多苦，张娇想用这样的方式弥补人类给它们造成的伤害。

九里梁山在张娇的手里慢慢变得生机盎然，万物繁盛也引来越来越多嫉妒的目光。尽管山里设了许多路卡、观望哨，可依然有人不惜铤而走险。1999 年的秋天，一个偷猎者被张娇的老公发现后，慌不择路间起了杀念。那一天，张娇失去了心爱的丈夫，彼时，他们的女儿尚在襁褓之中。

这样的打击对张娇来说实在难以承受。万千生灵在她的山里安家落户，可是，她的老公却再也不能回家了。从此，她几乎将全部的精力投入到九里梁山的一草一木间，唯有它们生生不息、枯枯荣荣，才能抚平她心中的伤口。只有看到它们，她才会觉得，老公就在离自己不远的地方，关照着她，关照着这些刚刚找到家园的生命。

为了女儿的安全，孩子刚满月，张娇便把她送回北京，交给了母亲。孩子一天天长大，妈妈在她心中只是一个符号。孩子上幼儿园了，要开家长会，她对老师说："我没有家长，我是孤儿。"母亲将这句话告诉了张娇，张娇居然笑了，她说："女儿像我，有个性。"

十年树木，百年树人，张娇觉得总有一天，女儿会理解她的选择。这片山，不仅是万千生命的家，山上还长眠着她的父亲。她总是在夜深人静时对自己说："等我百年之后，女儿来到这片森林，她一定会暗暗地对自己说：'我妈妈是好样的。'"想到女儿和女儿的同龄人将呼吸到森林里充沛的负离子，张娇所有的苦累都找到了美好的出口。

从神话到童话

张娇不准外人进山，对山里的蘑菇、榛子等物产，她也任由它们自生自灭。她不取山林的一果一实、一鸟一兽，任由它们在自己的家园里自由生长——它们都有自己的生命，她没有生杀予夺的权利，任何人都没有。

九里梁山这个在地图上消失了的地标，以前所未有的风姿又重新生长出来。可连同时光一同溜走的，不仅仅是张娇的青春，还有她曾经的千万资产。

“100 颗种子才能种出 3 棵树，你问我 2000 多万元哪去了？一年每平方米育种、人工费就得花 30 元，一亩地 660 平方米，一共 2 万亩，重复 20 年，撒种子撒不好都是钱。”张娇说。难以为继时，她又东挪西借了几百万元，雇用的工人也由最初的上百名缩减到如今的两名。曾经有过一些志愿者慕名来到九里梁山，可光是一个月都见不到一点儿荤腥的伙食，便让很多人迅速走了。也有人被张娇感动，选择了留下，但最后，张娇还是让他们离开了。同心疼这山间的一草一木一样，张娇觉得，这样的苦差事，如果自己能扛，就不要让别人来陪着自己一起受罪。她希望用自己毕生之力，还这世界一个真正的世外桃源，不仅要育一片林，也想育一代人的心。

没有人理解，守着这片如今至少价值 5 亿元的森林，张娇何以过得如此窘迫。她在这样的坚守中饱受争议，而 20 年的山居生活，令张娇变得沉默寡言，她觉得自己做的事情，天知地知、林间的那些生灵知便足够了。

张娇生于北京五棵松的中医世家，12 岁那年，父亲跟别人走了，几乎带走了所有的财产，那是张娇第一次明白一无所有的含义。是母亲用坚强、勇敢和巨大的爱心让他们兄妹 3 人一直拥有家的温暖。她在 20 岁时便成了千万富翁，过早地体验了金钱带来的有限快乐。倘若没有属于自己的精神世界，那么金钱便会是一种折磨，甚至是灾难——张娇曾经眼睁睁地看着有人为了钱去拼命或要别人的命。她在最富有的时候爱上了大自然，她觉得那是一个可以洗涤灵魂的地方。她希望自己的余生和女儿及她的后代，能有这样一片自然可栖。

山居岁月，张娇习惯了每日被散养的公鸡唤醒，吃着自给自足的有机食物，然后上山，吹着口哨唤来一群鸟儿，它们叽叽喳喳地围着她唱歌。

她给树剪枝，让更充足的阳光照进来，看着它们朝着阳光的方向，自由生长。

有人说，这一切美得像童话。但只有张娇知道，如果享受天人合一是童话的话，那么，这个童话是属于后人的。她能做的，就是相信并动手，用生命与爱去种植这个童话。

天　　空

达舒

Frank 觉得很畅快，刚才骑自行车从山顶飞飙而下时，他感觉触摸到了天空。

“这夏天太热了！”母亲惊恐的目光还未恢复，边说边疼惜地帮儿子擦拭脸上和车把上黏腻的汗水。

这是 Frank 高考的前一天，可在眼前这张无畏而单纯的脸上，看不到任何紧张和压力。母亲为了与儿子一起面对人生的重要时刻，丢下深圳的公司，飞来杭州照顾他。可儿子不愿意停止飙车，做母亲的只能干着急，眼睁睁地看着 Frank 上午在家复习，下午便骑上自行车去登杭州的北高峰，攀上、冲下，玩心跳。

那时骑行还没有现在这种很酷的头盔，身上也没有安全保护装备，在北高峰海拔 300 多米的曲折山地冲飙，做母亲的越想越紧张，忐忑不安地提出："看在明天要高考的分上，今天就在坡度缓和些的宝石山上飙吧。"在孩子的应允下，她提心吊胆地跟着前去。

"哈，飞起来的感觉超爽！"刚冲到半山腰的儿子兴奋地停下，对等候在那里的母亲说。

"可以了吧？"母亲苍白的脸上因紧张而渗着汗水，她不能理解儿子为何如此舍命，追求这极速的狂热。

刚才，男孩儿从近百米的山顶飞驰而下，身体微弓在自行车上，车轮不时地撞击着山坡，人与车又不时地一起弹起，躲闪开迎面的树枝。离开地面驰骋在空中的他，闪过母亲眼前，不断地画着一个接一个的抛物线，飞翔在山路上。每一次在空中弹起，都让母亲的心紧张地随之高悬……"我想到天空的尽头去一窥究竟。"这是儿子从小的梦想。

"梦想，使一个人无畏。"惊魂未定的母亲喃喃自语。

关于飞翔，Frank 一直有一套自己独特的看法。从懂事起，他便喜欢天空，从小迷恋遥控直升机的他，从未放弃过飞翔的梦想。幼时的他，想象着人如何可以飞翔；长大一些后，他开始探究飞机可以如何替代人来飞翔，想飞到哪里，就飞到哪里，让它停在空中，它就能纹丝不动，像一个能在自己手中随意操控的孙悟空……当然，每一次这种飞天玩具的升级，正好是母亲需要孩子以努力学习为代价的筹码。

在期待新的飞机模型到来的日子里，Frank 会有各种努力和想象，并在不断的想象中刷新自己，不断地挑战自己与飞翔相关的各种极限，无论是思想还是身体。

挑战极限，骑着自行车在与天最近的山顶冲飙，是 Frank 用来弥补飞翔梦想的一种形式。

远处，午后的暴雨顷刻使西湖的整个上空从湛蓝变成乌黑，闷闷的雷声在云中翻动，天空寂静。而后雨声来了，沙沙地跑过炙热的湖面，直往宝石山奔来，山林中的树和叶摇晃着搅动起来，并掀起落叶下一股新鲜的泥土气息。

Frank 刹那间精神抖擞起来，迅捷如一头豹，一个纵跃上了车。

“山下等我……” 声音瞬间远去，后半句母亲已听不见。雨点开始打在母亲的脸上，随后又夹起山体的一种热腾腾的亢奋气息，去追赶飞驰而去的骑车少年。幸亏雷声大，雨点小，杭州夏日的雨说停就停。一大片带着浓厚雨量的黑云，以比自行车更快的速度在天空移动，转移到另一个山头。

“感谢天公作美，保佑喜欢你的 Frank 不会淋到雨，保佑他明天高考顺利。” 这位从不迷信的母亲，对天合十祷告。

“妈妈，如果我考得好，你能再为我的航模升级吗？” 男孩儿仍不肯离去，在母亲的催促下，他眨着那双聪慧的黑眼睛，不失时机地向母亲提出要求。对他来说，飞机比高考重要。

“没问题，没问题。”母亲赶紧答应，她认为高考前还是应该多复习点儿，有时这一两分之差，就能决定孩子的未来。

……

自进入大学至今，15 年已过去，Frank 总是不停地窥探梦想中的另一个自己，就像无畏的人类为追求难以到达的空间，不断地向极限挑战，探索天体，从 100 多年前飞机发明起便开始了的追梦旅程。

在天空无疆的梦想里，我听到一种声音，很干净、很自由的一种高音，华丽、持续地，一波又一波升高，就像之前 Frank 从山顶飞飙下来的抛物线，在每一次应该有升高记号的地方，我都很紧张，唯恐那声音自高空破裂跌落——还好没有。

今天，Frank 研发的 DJI 无人机，像夜空中翱翔的星星，静定成一种非常高远的光，闪烁在他成长的道路上，为人类的新梦想建立着信仰。

“我想去天空的尽头一窥究竟……”男孩儿的声音，依然定格在母亲的天空。

那个发现冥王星的年轻人

假装在纽约

不久前，“新视野”号探测器近距离飞过冥王星，人类第一次清晰地看到了冥王星的样子，那是人类探索太空历史的重要时刻。

“新视野”号上一共搭载着 9 件纪念品，其中最有意义的，大概是冥王星发现者克莱德·汤博的一部分骨灰。

汤博 1906 年出生在美国伊利诺伊州，后来，他的父亲在堪萨斯州买了一块农场，于是全家都搬到了堪萨斯州。在汤博小的时候，他的叔叔送了一架望远镜给他，让汤博养成了看星星的习惯。一场冰雹砸坏了农场所有的农作物，几乎让他家破产，也断送了他上大学去读天文学的希望。没有上成大学的汤博，继续坐在地里看星星。商店买的望远镜已经无法满足他的需要了，于是在 20 岁那年，他开始动手自己做望远镜，所用的部件是从家里一辆 1910 年出厂的别克汽车和农用机械上拆下来的，镜片也是他自己手工磨出来的。之后两年，他又自己做了两架望远镜。就是用这些简易望远镜，汤博细致地观测了火星和木星。他把自己绘制的图寄给了罗威尔天文台，希望能够得到专家的意见。

建于 1894 年的罗威尔天文台是由富豪商人帕西瓦尔・罗威尔出钱建立的私人机构。罗威尔也是一个很有故事的人，他 38 岁时读了一本写火星的书，随后对天文学产生了浓厚的兴趣，倾尽财力研究天文，成为一名天文学家。罗威尔天文台位于亚利桑那州的旗杆镇，那是一个地广人稀的高海拔山区小镇，很适合天文观测。

汤博自绘的观测图给罗威尔天文台的天文学家们留下了深刻印象。1929 年，他们邀请汤博到天文台工作，参与“Planet–X”研究计划。

早在 1781 年人类发现天王星之后不久，天文学家就推断太阳系还有其他行星的存在。1846 年，海王星的发现并没有消除这个疑团，因为在考虑了海王星的影响后，天王星的运动轨迹和理论值仍然存在偏差，这表明还存在其他星体的影响。

“Planet–X”计划的目的，就是找到这颗神秘的行星。而汤博日常工作的很大一部分，就是比较望远镜在不同时间拍摄下来的星空图片。每张图上少则有 15 万颗星星，多则可能会有上百万颗，要从中找出不同，真的是一件非常考验眼力的事。

1930 年 2 月 18 日，这是一个历史性的日子，汤博在比较两个星期前拍摄的两张星空图时，发现了一个位置在变动的星体。

一个月后，罗威尔天文台经过确认，正式宣布了第九大行星的发现。他们面向全世界为这颗新的行星征名，最后采纳了一个 11 岁小姑娘的建议，用罗马神话中的冥王 Pluto（普路托）为它命名。

发现冥王星之后的汤博获得了巨大的荣誉，他拿到了堪萨斯大学的奖学金，获得本科和研究生文凭。上完学后，他又回到了罗威尔天文台，直到 1943 年才离开。

1997 年，汤博以 91 岁的高龄去世。晚年他总结自己的一生时说：“我游历了所有的天堂。”而这样的游历，始于许多年前那个在堪萨斯州农场看星星的小男孩儿。

人因梦想而伟大

雷军

我在乌镇参加了全球互联网峰会，在这个会议上有马云，也有苹果公司的高级副总裁。

主持人抛出了一个问题，说："雷军，你说你有一个目标，要用 5 到 10 年的时间，做到智能手机市场份额的全球第一。"我忙点头，我的确说过。但是他没有继续问我，他去问苹果公司的高管说："你怎么看？"这位高管也很厉害，他说："Easy to say，Hard to do（说起来简单，做起来难）。"

主持人问："雷军，你怎么想？"那一瞬间我非常非常尴尬。我冷静了一下，说了马云说过的一句话："梦想还是要有的，万一实现了呢？"我的演说水平远远没办法跟马云相比，马云的号召力和演说水平，我是望尘莫及。尤其是我听说马云还讲过，他说自己高考几次落榜，好不容易上了杭州师范大学，还找不到工作，像他这样的人都能成功的话，80% 的中国人都可以成功，听得我们每个人都热血沸腾。马云今天有资格讲这个话，讲得也特别震撼，每一个人，尤其每一个“屌丝”都渴望像马云一样逆袭。

讲完马云这句名言以后，我又补了一段话。我说起4年前，小米刚刚创立，在中关村，十来个人、七八条枪要去做手机，有谁相信我们能赢？手机这个行业是刀山火海，前面有三星、有苹果，后面有联想、有华为……一个正常人想到智能手机，就觉得这个市场竞争很激烈。

3年前，我们的产品刚刚发布，仅仅用了3年时间，谁能想到，这十来个人的小公司，在这样竞争激烈的市场里面，杀到了全中国第一、全球第三。我们今天有这样的业绩、有这样的起跑线，我觉得我们总应该有这么一点点梦想，用5到10年时间杀到全球第一吧。所以梦想还是要有的。

其实，办小米对我来说是一个很难很难的事情。为什么呢？是因为我在此之前有幸参与了金山软件的创办，今天我依然是金山软件的董事长和大股东，而且我还有幸办过一个电子商务公司，叫卓越网，后来卖给了亚马逊，应该说我的人生也足够了。所以，在金山IPO（首次公开募股）之后我就退休了，还干了三四年的投资，而且做天使投资，业绩还不错，绝对能排在中国天使投资界的第一排。是什么样的动力使我下定决心去干这么累的一件事情？在我做天使投资，在我从金山退休的那个阶段，我有天晚上从梦中醒来，我问了自己一个问题：我40岁了，在别人眼里功成名就，已经退休了，还干着人人都很羡慕的投资，我还有没有勇气去追寻我小时候的梦想？岁数越大，谈梦想就越难，大家现在都是最有梦想的时候，你们到了40岁的时候，还有梦想吗？面对残酷的现实，还有几个人能笑对今天、笑对明天？

我当时问我自己，还有没有勇气去试一把？这么试下去风险很高，有可能身败名裂，有可能倾家荡产，而且更重要的是，我在别人眼里已经是一个成功者，我需要冒这么大的风险去做一件这么艰难的事情吗？其实我真的犹豫了半年时间。最后我觉得，这种梦想激励我自己一定要去赌一把，只有这样做，我的人生才是圆满的，至少当我老了的时候，还可以很自豪地说："我曾经有过梦想，我曾经去试过，哪怕输了。"我最后下定了决心，创办了小米。刚开始，我认为我百分之百会输，我想的全部是我会怎么死，但我真的很庆幸，我们竟然只用了 3 年，取得了一个令我自己都无法相信的结果。

我为什么会有这样的梦想？是因为在我 18 岁的那一年，我在图书馆无意之中看了一本书，改变了我的一生。那是 1987 年，我上大学一年级，那本书叫《硅谷之火》，讲述的是 20 世纪 70 年代末、80 年代初，硅谷英雄们的创业故事，其中主要的篇章就是讲乔布斯的。书中说，乔布斯在那个年代代表着美国式的创业。我记得 20 世纪 90 年代比尔·盖茨很成功的时候，他说"我不过是乔布斯第二"，乔布斯在 20 世纪 80 年代就已经如日中天。当时看了这本书，激动的心情久久难以平静。我清晰地记得，我在武汉大学的操场上，沿着 400 米的跑道走了一圈又一圈，走了个通宵，我怎么能塑造与众不同的人生？在中国这个土壤上，我们能不能像乔布斯一样，办一家世界一流的公司？我觉得只有这样，我才无愧于我的人生，才会使我自己觉得，人生是有价值、有意义、有追求的。

当我有这样的梦想后，我认为放到口头上是没有用的，怎么能够落实到实际的学习和工作中，这才是最重要的。我当时给自己制定了第一个计划：两年修完大学所有的课程。我用两年时间完成了目标。我是当时武汉大学为数不多的双学位获得者，而且我绝大部分的成绩都是优秀，在全年级 100 多人里排名第六。

有梦想是件简单的事情，关键是有了梦想以后，你能不能把梦想付诸实践。你要怎么去实践，你怎么给自己设定一个又一个可行的目标？当然，有了这样的目标还不够，因为要成功不是一件简单的事情，需要你长时间的坚韧不拔、百折不挠。

我在 40 岁的时候，没有忘记 18 岁的梦想，我去试了。我经常跟很多年轻人交流梦想。我自己特别喜欢一句话，叫作“人因梦想而伟大”。只要你有了梦想，你就会变得与众不同。周星驰也讲过一句名言，叫“做人如果没有梦想，跟咸鱼有什么分别”。所以关键的是，要有梦想，有梦想是你迈向成功的第一步，有了第一步以后，你一定要为自己的梦想去准备各种坚实的基础。

谈到梦想的实现，我最近还有一句话挺出名的，也是我抄来的，叫“站在风口上，猪都会飞”。这话我其实是想表达两层意思：第一，没有扎实的基本功、没有勤奋是成功不了的；第二，有了勤奋、有了坚实的基础，也不一定能成功，还需要风口，还需要把握大的发展机遇，抓住机会，你才有机会成功。

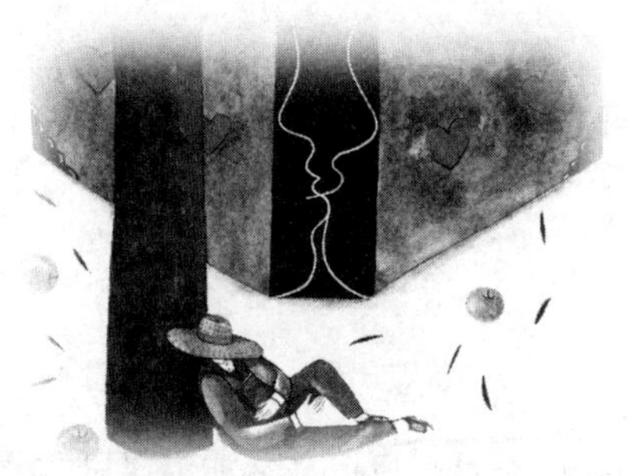

不忘初心，方得始终

我不怕黑、不怕冷、不怕路远，
只怕虚度了韶光、枉费了年华。

人生马拉松

〔日〕村上春树
吴淑琴　译

1996 年 6 月，我报名参加了在日本北海道佐吕间湖畔举行的超级马拉松大赛，全程 100 公里。清晨 5 点，我踌躇满志地站在了起跑线上。比赛的前半段是从起点到 55 公里休息站间的路程。没什么好说的，我只是安静地向前跑、跑、跑，感觉和每周例行的锻炼一样。到达 55 公里休息站后，我换了身衣服，吃了些点心。双脚有些肿胀，我换上一双大半号的跑鞋后，又继续上路了。

从 55 公里到 75 公里的路程变得极其痛苦。我心里念叨着向前冲，身子却不听使唤。我拼命摆动手臂，觉得自己像一块在绞肉机里艰难移动的牛肉，累得几乎要瘫倒在地。有选手接二连三超过了我，一位 70 多岁的老奶奶超过我时大喊："坚持下去！"

"怎么办？还有一半路，如何挺过去？"这时，我想起一本书上介绍的窍门。于是我开始默念：“我不是人！我是一架机器。我没有感觉。我只会前进！”这句咒语反复在脑子里转圈。我不再看远方，只把日标放在前面 3 米远处。天空、风、草地、观众、喝彩声、现实、过去——所有这些都被我排除在外。

神奇的是，不知从哪一秒开始，浑身的痛楚突然消失，整个人仿佛进入自动运行状态。我开始不断超越他人。

下午 4 点 42 分，我终于到达终点。这次经历让我意识到：终点线只是一个记号而已，其实并没有什么意义，关键是这一路你是如何跑的。人生也是如此。

修 炼 自 己

俞敏洪

不管时代怎么变迁、技术怎么发展，想要取得成功，最重要的还是修炼自己。

在中国的各个群体中，如果说有一个群体最不能落后，那就是企业家。

企业家每时每刻都在接受新思维、新挑战，并且要勇于改变和改造自己。他们不仅仅在寻求变化，而且必须把自己的企业、事业及自身放在变化面前考虑，在变局产生之前就必须布好局。

作为企业家，还必须具备非常敏锐的判断能力，要立得住、坐得稳，这是很难的。数年前，我们一帮企业家在一起吃饭，马云和王健林有一次对话。当时王健林要做万达影院，马云建议王健林："你别做影院，所有的电影一放到网上大家都能看到，随着家庭影院的兴起，家庭的屏幕和音响不比电影院的差。"然而，看看今天万达影院的收入，马云在这个判断上出了一些问题，而王健林的判断很正确。当时王总只说了一句话：“小马哥，你能想象两个人谈恋爱，在家里看电影，父母看着他们的场景吗？”这就是商业判断。

阿里巴巴为什么做得这么大，新东方为什么做得这么小？原因是我和马云的自信度不一样。我跟马云有很多相似的经历，我们两个人都是学外语的，都是高考考了3年，第三年才考上的，我考上北大的本科，他考上杭州师范学院的专科。大家马上就明白了，这两个人不仅仅有长相上的差别，而且还有智商上的差别。

但马云比我厉害的地方是，他给自己定了一些非常高的标准：要从专科变成本科，要成为校学生会主席，要跟学校的校花谈一场恋爱。

这3条标准在我进入北大后看来，都是没法实现的，结果他在大学4年里全部实现了。

我在北大整整自卑了7年，没追过任何女孩子，没参加过任何学术活动，只有一个理由，就是我觉得自己做了也是失败，反而丢了面子。我干脆不去做，别人也就不知道我失败了。

关键是如果你不做，这个世界就跟你无缘。

我身上有没有谈恋爱的能力呢？一定有，我第一次追女孩儿就追成了。我有没有做事情的能力呢？有，我第一次创业就是做新东方，就做成了。

因此，当你的能力被自己否定掉的时候，你在这个世界上是做不出事情来的。

所以我常常说，我非常庆幸我一次就把新东方做成了，要是做不成的话，我没有勇气第二次创业。

马云做阿里巴巴已经是他第五次创业了，他依然相信自己能把事情做成，结果阿里巴巴做成了。另外，阿里巴巴比新东方晚了8年到美国去上市，但是市值比新东方高了几十倍。

献给正在影响世界的人

徐小平

几年前，一个从事媒体工作几十年的大姐，看见街头的一则增高鞋垫广告，不禁像愤青一样破口大骂："这是一则 Bastard（卑鄙的）广告。"这则广告的大意是，高个子的男人才有魅力，所以要买我们的增高鞋垫。

这则广告低劣，因为它为了卖鞋垫，玷污了全体矮个子男人的尊严。在历史与现实中无数伟人的个子都矮，虽然我不矮，但是我也不高。虽然我从来没有用过增高鞋垫，但这并不妨碍我和高个子们一起去追求人生至高无上的境界。

北京街头有一则售房广告，我第一眼看过就愤愤不平。由于这个房子建了一半就停在那里大半年，似乎成了烂尾楼，这则广告就显得更加刺眼。该房产以超大、豪华作为卖点，它的广告语是：只为正在影响世界的人。

我对这则广告反感，是因为它把有钱买它的豪华住房作为"正在影响世界”的唯一标准。似乎有钱买房的富人就是影响世界的人，它宣传了一种充满血腥味的金钱强权。可以说，这则广告，蔑视与讽刺了亿万买不起房子但实实在在做着日常工作、真真实实影响着世界的普通人。

我不仇富，但我仇视那种富而骄奢的文化，厌恶那种富而忘本的人和事。反过来，那些靠自己努力获得巨大成功却依然保持本色的人，则是我尊敬和热爱的对象。国庆长假期间，我和一位亿万富翁在一起度过两天。他在富起来之后，把全部精力投入到办教育、建学校中，在老家江苏金坛盖了一所 12 万平方米的中学，为 3000 名学子提供了优质的教育环境。我本来并不认识他，但经不起他的热情邀请和定期送来的金坛长荡湖大闸蟹，便花了两天时间去他的学校参观考察。看完后，顿时被他震撼，为他折服，为隐藏在中国民间的这样气势恢宏的教育项目和教育英雄而激动不已。这样的人，当然就是“正在影响世界的人”。

朋友不希望出名，让我姑且称他为 M 先生。M 先生是一个没有上过大学的农民，毫无家庭背景。十几年前，他来到北京做建筑工人。由于工作认真，他从拿最低工薪的工人，慢慢做到组长、班长、队长……最后成立了自己的建筑公司，参加过国家大剧院、鸟巢的建设。他已经获得了了不起的成功，但至今依然保持着农民的质朴和真诚。他的学校非常现代化，但他的心灵，依然像稻田，散发着泥土、阳光的芳香。

每次见到 M 先生，我都说他是“中国奇迹的创造者”。说到“中国奇迹”，人们首先看到的，确实就是他参与建设的那些地标性建筑物，那些具体可见的物质指标。所以，他在我大部分都是教育界人士的朋友圈子里，占有特殊地位。

M 先生的经历，为我批判“只为正在影响世界的人”这则广告及其所透露的哲学提供了最佳的材料。M 先生可以买那样的房子，他甚至可以把整栋楼买下来。但今天的 M，和十几年前的 M，其实对世界的影响都是一样的：

如果没有当年 M 在首都工地上一块砖一片瓦的辛勤劳动，他就不可能一步步往上升，就不可能走到今天，走到富可整购（一栋楼）的地步。从本质上讲，今日作为富豪的 M 和往昔作为民工的 M，并无多大变化。当年的他，如果没有绝地求生的奋斗精神，就不可能有今天；而今天的他，如果没有对社会的奉献精神和反哺意识，他对世界的影响力，不仅等于零，甚至可能是负数。从这个角度讲，一个人对世界的影响力可能有大有小，但一个人绝不可以因为影响力的大小，而放弃在这个世界上留下自己印记的努力。

莫以影响力小而自弃，莫以影响力大而疯狂。只要你努力，你的影响力可以由小变大；如果你疯狂，你的影响力会由大变小，甚至会一夜崩塌。那则依然矗立在街头的房产广告之所以令我反感，就是因为它把人的价值，把人们对世界的影响力，用赤裸裸的每平方米多少钱来标价，这实在是一种丑恶金钱观在蓝天下的恶劣展示。

有权或无权、有钱或没钱、有房或无房，无论你是 2.26 米（姚明），还是 1.54 米（雷锋）——任何人，只要你在这个花花世界里保持自己的尊严、坚持自己的努力、坚持自己的人生信念和奋斗目标，你就是“正在影响世界的人”，你必将成为“世界因你而不同”的人！

我始终相信努力奋斗的意义

卢思浩

一

在从北京回家的动车上，偶然听到邻座的小姑娘边哭边打电话给家人，她说：“妈，对不起，本来说好赚钱了才回家的……”她蜷坐在座位上，极力压制着自己的哭声，“但是我尽力了，妈，我不后悔。”

联想起之前看到的一篇文章，有人说他始终不相信努力奋斗的意义。然而努力奋斗的意义，真的只是为了赚钱，或者为了社会所认可的成功吗？

我突然想起我那个日夜颠倒的死党，M。

有一个周末的晚上，他发来自己设计的封面，还没等我给出评价，他又说：“不行，我还得再改改。”其实我觉得已经很好了，可他总是不满意。第二天中午他把改好的设计给我看了看，然后语音另一边的他突然叹了口气。

“你说，我们这样日夜颠倒，这么忙碌，到底是为了什么呢？”他问我。

那时我想起一句话，便对他说：“归根结底，我们之所以漂泊异地辛苦奋斗，是因为我们愿意。我们这么努力，不过是为了给自己一个交代。”

就像那个跟我萍水相逢的姑娘打动我的那句话：“但是我尽力了，妈，我不后悔。”

不知道为什么，最近出现了很多文章说不相信努力的意义，然而这对于我来说似乎从来不是一个问题，努力从来不等于成功，而成功也从来不是终极目标。那些终极的梦想，其实是很难实现的。但在你追逐梦想的时候，你会找到一个更好的自己，一个沉默、努力、充实、安静的自己，你会因为自己所做的事情而觉得充实。

二

我始终相信努力奋斗的意义，因为那是本质问题。有朋友曾经问我：“如果有一天你发现梦想始终没有实现，你会不会觉得很可怕。”

我对他说：“没什么好可怕的。”

他看着我说：“即使那些努力都没有回报？”

我觉得努力就是努力的回报，付出就是付出的回报，写作就是写作的回报，画画就是画画的回报，唱歌就是唱歌的回报。一如我的死党所说，虽然每次都觉得很累，但当他看到自己的作品的时候，心里的兴奋和激动没有任何一样别的东西能够代替得了。

如果你的努力能让自己做自己喜欢的事情，那为什么要放弃努力呢？如果人能够做自己喜欢的事情，谁说这不是一种回报呢？

我相信，任何人，不管他是大人物还是小人物，只要做自己喜欢做的事情，他一定是开心的。只要为了自己想要做的事情努力，他一定会感到充实。相反，如果你的努力是为了你不想要的东西，那你自然而然地会感到憋屈和不开心，进而怀疑努力的意义。

如果你的努力不是为了自己喜欢的、自己想要的，那么请停下来问问自己是不是太急躁了。

三

曾经在山区看到过天真无邪的孩子们念书的情景，正如那些文章里所说，这些孩子也许将来只能接过父母的活儿，在山区继续着艰苦的人生。然而他们此时却比很多比他们家境好的人快乐许多，因为对于他们来说，念书就是念书的回报。

一个在北京漂着的哥们儿曾跟我说，他也许这辈子也无法“逆袭”，也许那些“高富帅”们不需要怎么付出也能做出更好的成绩，但他还是决定继续漂泊，做一个奋斗的“屌丝”，他觉得这样子值得，失败了也不会后悔，也算是给自己一个交代。

你说登山的人为什么要登山？是因为山在那里，是因为他们无法言说那难以满足的渴望。

为什么明知道梦想很难实现，却还是要去追逐？因为那是我们的渴望，因为我们不甘心，因为我们想要自己的生活能够多姿多彩，因为我们想要给自己一个交代，因为我们想要在我们老去之后可以对孙辈说：你爷爷我曾经为了梦想义无反顾地努力过。

诚然，也许奋斗了一辈子的“屌丝”也还只是个“屌丝”，也许咸鱼翻身了也还不过是一个翻了面的咸鱼，但至少他们有做梦的自尊，而不是丢下一句“努力无用”，然后心安理得地生活下去。

你不应该担心你的生活即将结束，而应担心你的生活从未开始。

其实我在追逐梦想的时候，早就意识到那些梦想很有可能不会实现，可我还是决定去追逐。失败没有什么可怕的，可怕的是从来没有努力过却还怡然自得地安慰自己，连一点点的懊悔都被麻木所掩盖。

不能怕，没什么比自己背叛自己更可怕。

四

九把刀在书里说过：“有些梦想，纵使永远也没办法实现，纵使光是说出来都很奢侈，但如果没有说出来温暖自己一下，就无法获得前进的动力。”

人为什么要背负感情？是因为人们只有在面对这些痛楚之后，才能变得强大，才能在面对那些无能为力的自然规律的时候，更好地安慰他人。

人为什么要背负梦想？是因为梦想这东西，即使你脆弱得随时会倒下，也没有人能夺走它。即使你真的是一条咸鱼，也没人能夺走你做梦的自由。

所有的辉煌和伟大，一定伴随着挫折和跌倒，所有的辉煌背后都是一座座由苦痛构成的高墙。谁没有一个不安稳的青春？没有一件事情可以一下子把你打垮，也不会有一件事情可以让你一步登天，慢慢走，慢慢看，生命是一个慢慢累积的过程。

有一个环卫工人，工作了几十年后终于退休了，很多人觉得他活得很卑微，然而每天早起的他待人总是很温和，微笑示人，我觉得虽然他也许没能赚很多钱，但他同样是伟大的。

活得充实比获得成功更重要，而这正是努力的意义。

五

我常说，你是一个什么样的人，就会听到什么样的歌，看到什么样的文章，写出什么样的字，遇到什么样的人。你能听到治愈的歌，看到温暖的文章，写着倔强的文字，遇到正好的人，你会相信温暖、信念、坚持这些看起来老掉牙的字眼，是因为你就是这样的人。

你相信梦想，梦想自然会相信你。千真万确。

然而感情和梦想都是冷暖自知的事儿，你想要跟别人描述吧，还真不一定能描述得好，说不定你的一番苦闷在别人眼里显得莫明其妙。喜欢人家的是你又不是别人，别人再怎么出谋划策，最后决策的还是你；你的梦想是你自己的又不是别人的，可能在你眼里看来意义重大，在别人眼里却无聊得根本不值一提。

在很大的一部分时间里，你能依靠的只有你自己。所以，管他的呢，不要管别人怎么看，做自己想做的，努力到坚持不下去为止。

也许你想要的未来在他们眼里不值一提，也许你一直在跌倒然后告诉自己要爬起来，也许你已经很努力了可还是有人不满意，也许你的理想离你的距离从来没有拉近过，但请你继续向前走，因为别人看不到你背后的努力和付出，你却始终看得见自己。

一碗牛肉粉

周瑶

24 岁的张天一决定在北京开一家常德米粉店之前，已经出过书，还是一名专栏作家，在全国办过巡回讲座，有一批忠实“粉丝”。

那年的高考作文，他写的文言文作为反面教材上了新闻。大二时他放弃学生会主席转正的机会，创办“天一碗”餐馆，开了两家连锁店。从北外毕业时，他放弃可出国交流的保研机会，以总成绩第一名考取了北大的硕士研究生，导师是北京大学常务副校长、金融法研究中心主任吴志攀。

2014 年 6 月，即将研究生毕业的他，又召集了 3 位合伙人，在寸土寸金的北京 CBD 环球金融中心地下一层，开了一家“伏牛堂”湖南常德牛肉米粉店，并宣称“我们是‘90 后’，为自己上班”“用知识分子的良知，在他乡，还原家的味道”。

37 平方米的空间在同层的餐饮店铺里显得十分局促。为保证质量，他们每天只限量供应 120 碗米粉，想吃得提前一天预约。下午 3 点，远远就能看见门口挂着的“米粉已售罄，欢迎预约下一时段”的告示牌。

小店的布置隐约有日式拉面店的风格。张天一很推崇日本纪录片《寿司之神》。每来一家媒体采访，他都重复一次，说自己也想像片中卖了一辈子寿司的小野二郎那样，“经营一种生活方式”。

许多湖南老乡慕名前来，但大都带着“不太可能好吃”的心理。一天晚上，一位在北京定居多年的 66 岁常德阿姨慕名前来，她不懂预约，最终赶到时，米粉已经卖完。阿姨匆忙离开，没过一会儿又回来了，手里端着一碗从隔壁家买来的没有汤头的面，她让张天一给她浇上伏牛堂的汤头。她一边吃着，一边激动地说，足足 16 年没有吃到这样的家乡味道了。

为了这个味道，张天一和表弟周全几乎尝遍了常德的米粉。

那时刚过完年，家乡的雪还没化尽，天气阴冷潮湿。兄弟俩走街串巷，想要拜师学艺。常德最大的一家米粉店当时正缺人，他们想混进去。招聘的阿姨瞅了一眼，说：“你们恐怕不是来打工的吧？”

两人改变策略：到店直接开吃，吃完再说明来意。老板们的回应更直接，大多手一挥，说：“走走走，不给不给。”直到一家小有名气的米粉店老板愿意收徒，却开口要 60 万元。哥俩只好每天继续吃着粉。一个多星期后，终于有一家米粉店老板愿意低价收徒。兄弟俩大喜，很快，《伏牛宝典》诞生。

现在，柳啸是伏牛堂的“账房先生”，宋硕负责品牌推广，周全当起了负责产品的“CPO（首席流程官）”，张天一是“堂主”。周全此前从未下过厨，切菜的动作至今还很生硬，手腕上贴着大大的创可贴。“咳，常有的事。”张天一说他们挣的都是真正的“血汗钱”。

伏牛堂火了之后，很多投资人主动打电话找过来，许以“难以想象的天文数字”。张天一却一一婉拒。他想得很明白，“取乎其上，得乎其中”。

他觉得带着宗教般的虔诚去将一碗牛肉米粉做到极致是“一件非常理想主义的事情”，是“上法”。盈利、赚钱是“上法”的副产品，“如果一开始就把目标设定为赚钱，那么结果只能求其中，得其下”。

成功容易，忽视也容易

〔美〕吉姆・罗恩
陈音　编译

人们经常问我，在那六年时间里，我认识的很多人都没有成功，而我却成功了，我是怎么做到的呢？答案很简单：我觉得容易做的事情，他们觉得不去做更容易。我觉得很容易设定那些能够改变我人生的目标，他们觉得不设定更容易。我觉得阅读那些能影响我的思考和想法的书籍是很容易的，他们觉得不去阅读更容易。我觉得去参加各种课程和讲座，并与其他成功人士打成一片很容易，他们说这也许真的不是那么重要。假如要我概括的话，我会说，我觉得容易做的事情，他们会觉得不去做更容易。六年之后，我成了百万富翁，他们仍然在责怪经济、政府和公司政策，然而，他们却忽视了去做基础的、容易做的事情。

事实上，大多数人没能做到足够好，主要原因可以归纳为一个词：忽视。

让我们变得富有、强大和充满经验所需要的一切，全在我们触手可及的范围之内。为什么很少有人能充分利用自己所拥有的一切？主要原因就是忽视。

忽视就像一种传染病，如果任其发展，它会感染我们的整个纪律系统，最终导致完全击垮一个人潜在的充满快乐和希望的人生。

不去做我们知道应该做的事情，会让我们感到内疚，从而侵蚀自信。随着我们自信的下降，我们的活跃程度下降，结果也就不可避免地下降。我们的态度就会开始减弱，我们的自信就会愈加下降……如此不断地恶性循环下去。

因此，不要忽视去做那些简单的、基础的、“容易的”但有可能是改变人生的事。

小意外，大转折

程应峰

20世纪初，美国得克萨斯州有个男孩儿，他顽皮淘气，不爱学习，常常借故逃学。有一天，他碰巧参加了无人认领的自行车拍卖会。第一辆自行车竞拍开始，站在前面的男孩儿叫价：“两美元。”

叫价持续下去，拍卖员看了一眼那个男孩儿，他没继续应价。接下来，几辆车都拍出去了，男孩儿每次出价还是两美元，好像没有多加的打算。两美元实在太少了，在现场，每辆自行车最后的成交价都在几十美元。拍卖员感到奇怪，问男孩儿为什么不再加价，男孩儿说：“我只有两美元。”

拍卖眼看要结束了，现场只剩下最后一辆漂亮的自行车，拍卖员问：“有谁出价吗？”这时，站在最前面、几乎失去希望的男孩儿还是说：“两美元。”拍卖员停止了唱价，因为现场所有人都静默下来，没有人举手，也没有人再出价。最后，男孩儿拿出握在手中的两美元，买走了那辆全场最漂亮的自行车。

对于男孩儿来说，竞拍的成功，不能不说是个意外，正是这次意外，让他看到了人性的美好，他也从中明白了一个道理：有些事，只要积极参与，就算实力不够，也还是有可能成功的。

随着岁月的推移，用两美元得到一辆漂亮自行车的男孩儿，从得克萨斯州西南师范学院毕业了。毕业后的一段时间里，他无所事事，便应朋友之邀，打算去远方旅行。出发前几天，他不小心弄伤了脚，当时，脚上的伤口很小，他不以为意，随便敷了些药。没想到，他所穿的那双劣质袜子上的深色染料所含的毒素，让他脚上的小伤口感染了，以致发炎溃烂。不得已，他取消了和朋友一起出行的计划。当时，正好有一位著名的演说家来到他所居住的镇上，闲在家中无聊的他，便拄着拐杖，去听那位演说家演讲。

演说家演讲的内容，深深打动了他，他觉得必须改变自己的生活，甚至决定继续求学，为将来做好准备。从此以后，他在一切事情上都加倍努力，不再虚度时光，人生因此又有了一次新的转折。

后来，他步入政坛，表现出众，人缘极好，加上事事努力，很快就拥有了显赫的职位。

有一天，他出门度假，几小时的车程后，他来到一个小城，在一个旅馆过夜。吃过晚饭，疲惫的他很快就进入了梦乡。凌晨时分，他被窗外的风雨声惊醒。他打开房灯，想抽一支烟。他伸手去抓睡前放在床头柜上的烟，不料，那包烟意外掉入了痰盂中。他下床搜寻衣服口袋，毫无所获，又搜索行李，还是没有烟的踪影。这时候，旅馆的餐厅、酒吧早关门了，他唯一有希望得到香烟的办法是穿上衣服走出去，到几条街以外的火车站去买。越是没有烟，想抽的欲望就越强，他脱下睡衣，穿好了衣服。

就在伸手拿雨衣的时候，他突然停住了。他问自己：“我这是在干什么？”他站在那儿寻思：一个长期被书香浸染的人，一个事业上相当成功的人，一个有一定权力对别人下命令的人，竟要在三更半夜离开旅馆，冒着大雨走过几条街，仅仅是为了抽上一支烟！这是什么习惯？这个习惯的力量怎么可以这样强大？

想到这儿，他脱下衣服，换上睡衣回到了床上，带着解脱和胜利的喜悦，几分钟后就进入了梦乡。

三次出现在不同人生阶段的小意外，以及对人生目标极具指向性的思考，让他的生命有了底气，让他的事业在参与和进取中蒸蒸日上。很快，他成了美国政坛风云人物，后来当选为美国总统。他的名字叫林登·贝恩斯·约翰逊。

我比谁都相信努力奋斗的意义

伊心

去年偶然见了一个高中同学。她自高中毕业后已经五年没有见过我，用她的话说："真是吃了一惊。"

我不奇怪她吃惊的原因。因为五年前，我还是一个说话大大咧咧、爱咋呼爱叫唤的"人来疯"，大象腿、水桶腰、穿衣服巨没品位的"小胖妹"，没读过什么书，每次在全班同学面前念个学习汇报都紧张，"内涵"两个字从来都与自己绕着走。

大学四年与研一一年所有的辛苦，终于在她那句"吃了一惊"和不可思议的眼神里得到了报偿。

辛苦倒也算不上，但毕竟也是日复一日靠着严格的运动锻炼控制住了体重，最开始的三个月减重近三十斤，反弹一次后终于维持在了健康稳定的水平。朋友们爱问我减重的经验与局部瘦身的秘诀，我仔细回想，觉得每一种方法都可称为秘诀，关键是要对自己够狠。那时大学课少，我意志力惊人，拖延、懒散等坏习惯都没有，不管春夏秋冬，每天清晨 6 点钟，在学校的塑胶跑道上一圈又一圈地跑，那种哗啦啦从心底翻涌上来的朝气——原来汗珠也可以掷地有声。

还有很多个夜晚，校园被喧嚣覆盖，大家或是边嗑瓜子边看娱乐节目笑得前仰后合，或是在楼下和男友约会难舍难分，属于自己的那一隅却只能被安静笼罩。有时候我在阳台上做漫长的瑜伽“英雄式”动作，或者在床上做漫长的“贴墙倒立”，有时候会听音乐，有时候会看书，但更多的时光是悄无声息的寂静。但改变在一点一滴地发生。

减肥教会我的，其实是一件至为简单的事，不过是如何使自己变得更好。但同时，它又是一件至为困难的事，因为它需要极强的自制力和没有任何外界强制时的自我约束精神。从那之后我懂得，所谓坚持，不过是日复一日地重复做一件小事。跑步也好，做瑜伽也好，其他一切微小的事情也好，莫不如此。这件小事可能没有上淘宝来得轻松愉悦，也没有刷微博来得随意开怀，但是只要日复一日地坚持与重复，并有足够的耐心，从量变到质变并不是一个漫长的过程。就像在别人眼里绝对不可能瘦下来的我，只用了三个月就成功了。

后来考研，我选了一个在别人眼中高不可攀的名校，别人的质疑和当年说“你看她胖得连腰都没有，哪年才能减下肥来”时的语气差不多。再后来，又是每天 6 点起床，在荒芜的自习室里坐一整天，晚上 11 点一个人走回宿舍，之后还要在宿舍楼上的通宵自习室里看书。几百个深夜，学校的小路上空无一人。门卫大爷用手电筒帮我照亮一小段路，他说：“小姑娘你一个人怎么不怕黑？”我沉默地摇头，只想说我不怕黑、不怕冷、不怕路远，只怕虚度了韶光、枉费了年华。再后来应了别人的预言，和梦想心痛地擦肩而过，但也够幸运，第二志愿顺利调剂，最终还是得到了一个好结果。

如今再回想那段时光仍旧感激之至，岁月飘忽如寄，那样不计前路的拼命和酣畅淋漓的付出大概只有一次，好似把一生的热血和热泪都已耗尽。好友写的话至今都留在笔记本里，她说："我们用人生最好的年华做抵押，去担保一个说出来都会被人嘲笑的梦想。"那个冬天在我心中永远不可磨灭，深夜漆黑，前路漫漫，却觉得未来可期，所有的梦都做得晴朗透亮。那好像也是唯一的一次，我觉得原本灰暗促狭的心被希望照亮充盈，一整个壮阔的世界都等待着我去检阅。

这些年来，看书实习，组织社团活动，慢慢地克服了诸多弱点。参加数学竞赛还拿了小名次，我不再是那个高中时被数学老师坦诚寄语"我该怎么拯救你的数学"、怕数学怕得要死的人。参加比赛，写诗歌去朗诵，终于也能面不改色、从容镇定地在几千人面前演讲。看了很多书、写了很多字，一点一点去观察琢磨，让自己在肥皂剧和娱乐新闻之外找到归属，沉闷地积累着精神的厚度。策划晚会、排练节目，新年夜灯火辉煌，我坐在台下等谢幕。当身边掌声雷动、笑声起伏时觉得，啊，原来自己也可以做成一件这样的事儿。成长果然是一个时辰一个时辰熬出来的。别人手到擒来的东西自己拼了命才得到，但那种成长的富足感是如此惹人回味。

我大学时的一个舍友，来自某国家级贫困县，家住半山腰，那里手机信号都很微弱。母亲早逝，家里姐妹四人，除她之外都早早辍学南下打工，她靠助学贷款交学费，所有的生活费来自零零碎碎的打工收入。以我浅薄的见识，只觉得她是当真经历过生活苦难的人。大学刚开学时，她特别自卑，甚少说话，常常将自己隐没在人群里不发一声，表情里都带着一股胆怯。如今她毕业进入深圳一家知名外企工作，薪水优渥，妆容适宜，身姿优雅，常被人唤作“白富美”。但只有我看得到她这几年来一步一步的蜕变，她是如何拼命打工累到胃痛，在长夜痛哭过后重新为生活打拼，是如何熬夜学习顺利保研，看了一本又一本的书才做到谈吐大方，是如何作为班长获得全班同学交口称赞，又带领我们班成功突围成为校优秀班集体，甚至是如何一点点研究化妆方法才能打造出面试时的完美妆容。其实蜕变不是一件容易的事情，要走出自己性格的“安全区”，当真需要苦苦挣扎和失败之后步步谨慎的反思、改进。但若有一张大一和研二时的对比照，她必然是从一个看上去有些瑟瑟发抖的小丫头变成了浑身发光的知性姑娘。有时我爱开她玩笑：“哇，晋升‘白富美’什么感觉呀！”她眼里突然带了泪：“这么多年来的不安全感终于落了地，我最开心的是自己终于有力量去守护家人了。”当然，只有我知道，她一路披荆斩棘、咬牙忍受，才从那个荒凉的大山里，走到灯火辉煌处有一个温馨明媚的家。

我比谁都相信努力奋斗的意义。虽然努力了这么久仍然买不起一件奢侈品，也无法去蓝色海岛上度一个悠然的假期，甚至可以预见到自己未来挤公交车上下班的焦躁和依旧淹没在柴米油盐中的平凡一生，但还是“努力奋斗”这四个再简单不过的字，让我的视线跨越那个小县城，抵达一个更广袤的世界。甚至，它成全了我所有卑微的梦想，不管是小学时的“考上大学”、高中时的“成为瘦子”，还是大学时的“在杂志上发表文章”，研究生时的“万水千山走遍”如今也已经在路上了。我也相信，它将成全更多卑微的梦想，带我去自己梦寐以求的世界。

好似所有的波澜壮阔都会化为细波，所有的锣鼓欢鸣都会归于岑寂一般，热血沸腾的青春带着它浩浩荡荡的气势一路走远了，只留下庸常生活里难以消解的冗繁、干枯、琐碎、燥热。但我仍然想找回青春里那汩汩流动的热血，去向残酷世界讨个说法，去和曲折命运勇敢单挑。

因为我比谁都相信努力奋斗的意义。

按照二十几年来“命运它从来不会给我最想要的东西”这一惯例，我可能最终还是会失意败北、失望而归，但好歹给孙子讲故事的时候我能吼一嗓子：“你奶奶当年虽然是个傻帽，但一丁点儿青春都没浪费啊！”

白 马 公 主

辉姑娘

上大学时的一位学姐让我记忆犹新。

大一时，北京的房价还低得离谱，大学旁边的一些住宅小区只要 2000 多元一平方米。那时买房也便利，付个几万元首付，按揭个千把块，也就买了。

那位学姐拼命打工攒了些钱，又问家里七拼八凑借了点儿，居然一口气签下了 5 套小户型住房的合同。付清首付，简单装修后就统统租了出去，每个月靠租金不但可以还掉月供，还能给自己剩下点儿零花钱。

10 年后，她买下的房子增值到 3 万元一平方米，她卖出 3 套，另外两套房子继续留作出租用，一个月有近万元的房租收入，堪比高薪阶层。

她并没停下脚步，这些年做基金、炒股、投资一些产业。由于心思细致、善于钻研，又擅长把握机会，她的存款一路飙升，学姐早早跻身千万小富婆行列。

我曾问过她当初为什么那么有远见。她笑着说其实她并不是一个擅长理财的人，只是她当时爱上了一个同样没有北京户口、家庭条件也不好的男生，未雨绸缪，便提前为他们的小家打算，却没想到老天爷在几年后送给了她一份大礼。

她与我们开玩笑：“没有白马王子，做个白马公主也不错。因为王子随时可能不爱我，但驯马的本事却永远属于我。”

有一次看球赛，天降大雨。北京工人体育场门口有个卖一次性雨衣的姑娘起劲地叫卖。我买了雨衣，顺便与她聊了几句。她居然还是个大学生，很实在地对我说雨衣的进货价很便宜，1 块钱一件，卖 15 元两件，两个小时可以净赚五六百元。不下雨的时候她就卖荧光棒，也能赚个几百元。

我看她在雨里冻得哆哆嗦嗦，问她为什么这么拼命赚钱，很缺钱吗？她说她是从农村出来的，家里有 3 个妹妹都在念书，全靠她一个人供。她平时还兼着几份工。

我问她是否在谈恋爱，她说：“我家这情况，哪个男生敢跟我一起承担呢？”我说：“那真是遗憾，你这么好的姑娘……”

她眨眨眼，笑了起来：“我不怕，自己有本事挣得到钱，给家人花得也踏实。要是真向别人伸手，欠的就不只是钱了。”

曾经的一位女领导，是我见过的工作最拼命的人，几年下来不但自己买了房、买了车，还把父母接到北京来，安置得妥妥当当。

她实在不算漂亮，身材矮小，皮肤黝黑，甚至有些男下属在背后用“丑”来刻薄地形容她。她最崇拜范冰冰，时常把那句“我不嫁豪门，我就是豪门”挂在嘴边。

有一次喝多了酒，她对我说了几句心里话：“能照顾一个女人一辈子的，除了男人，就只有物质上的实力。我不能因为没有人愿意娶我，就自暴自弃，失去爱自己、爱家人的能力。”

同事的妹妹，19 岁就得了一种慢性病，虽不至死，却终身有碍于生活。没有男人愿意娶这样的女子做老婆。然而我每次见到她，她都没有丝毫悲伤的表情，总是乐呵呵的，见人就热情地打招呼。

她自学了法语和西班牙语，给一些外商当翻译。业余时间她还去学了绘画，在不大的家里贴满了画作，谁见了都忍不住赞叹，丝毫看不出是一个身患重病的人所作。

后来有画商看上了她的画，为她办了一场画展，而且销量相当不错。从此她正式涉足艺术圈，身价倍增，有男人开始追求她，声称完全不介意她的疾病，只爱她的才华，希望照顾她一生一世。姑且不论她是否会接受这爱情，结局又是否美满，单是这份为自己打拼的勇气，便值得敬佩与赞赏。

这些女孩儿没什么不同。不管她们是脚踩水晶鞋还是马丁靴，都会活得风生水起。

白马是本事，公主是心态，她们都是身骑白马的公主。

我们从来无法决定出身，唯一能决定的，是让自己变成怎样的女孩儿。白马公主，在等到属于你的白马王子之前，不如为自己养一匹白马，让他觉得在爱你的人之外，还有惊喜的附加值。

这不算倒贴，而是他的福气、你的退路。

如果实在没有遇到王子的命，那也无妨，索性鲜衣怒马，扬鞭而去，一骑绝尘，潇潇洒洒。

总会有人遥遥指着你说——“看，我也想像她一样，拥有一匹自己的白马。”

科比，孤独的辉煌

颜强

第一次看见这个人是 2001 年在费城，当时我在采访 NBA 总决赛。湖人队队员从大巴车上下来，通过漫长的通道走向更衣室。这时两个费城的小混混突然钻了出来，用嘲讽的口吻面对面调笑科比。科比是费城人，准确地说他在费城出生，但他并不喜欢这座城市，而这座城市更不喜欢他。那个年代，费城有自己的英雄艾弗森，一个和科比球风略微类似却更草根、更搏命的另类球员。

科比慢慢地从两个费城小混混身边走过，认真地看了他俩一眼，然后慢慢前行。那是我见过的最冰冷的眼神，比他在球场上千百次流露出的寒冷如冰的眼神更加冰冷。蔑视或者不在意、视若无物，这样的神情谁都能读出来，唯有科比的冰寒，我看不懂内在的蕴意。他不在乎这一切？抑或这些讥嘲挑衅，会让他更坚定、更执着？

那时候他还未满 23 岁，湖人的老大仍然是奥尼尔。

他是一个无比坚定执着的人，甚至到了偏执的地步，不疯魔不成活。在湖人夺取第一个总冠军的第二天，科比清晨起床，去了附近一所中学的篮球馆，开始了他的夏季练习。中学放暑假，他找管理员借了钥匙，自己沉浸在埋头苦练的氛围中。篮球是一项集体运动，可对于一些个体而言，不论身边的同伴是谁，他们都坚信自己能取得胜利。菲尔·杰克逊曾说，哪怕带着 4 个老太太打一场街头比赛，乔丹都坚信自己一定能战胜任何对手。科比和乔丹一样，绝对相信自己，而这种自信，来自于日复一日、甘之如饴的练习。

所以他本质上必定孤独。孤独才能让他超越篮球这样一项团队运动的限制，无限放大个体，才能有单场 81 分的神迹。他也不得不孤独，孤独才能让他充分享受勤奋的快乐，才能让他成为这样一个特殊的个体。当宣布退役的时候，科比不再孤独，科比也不再是科比。

科比的篮球之路，以数据的堆积、勤奋的投入为最大表征。

他在球场上，不论哪一项指标，都比同辈甚至绝大多数前辈完成得好，这恐怕是奖杯、总冠军戒指以及各种头衔都无法定义的特殊之处。终身效力于湖人队，他没能打破米肯的总冠军数量，没能像“魔术师”那样拿 MVP（美国职业篮球联赛最有价值球员奖），可他比“天钩”贾巴尔打的比赛还要多，比埃尔金·贝勒上场的时间更多。他的投篮次数，超过了詹姆斯·沃西和奥尼尔的总和。在球队的篮板、助攻、抢断和盖帽数据榜上，他都进了湖人历史前 5。在罚球次数、三分球次数、犯规和失误上，他同样也进了历史前 5。

在一个用数据定义的职业联赛里，这两年重伤缠身的科比技术表现一泻千里，上赛季不到 40% 的投篮命中率，本赛季跌到了接近 30%。这是年龄和伤病使然，不再是勤奋和强悍能挽回的。这也是他必然退役的原因。然而大家更应该记住的是，他 17 次入选全明星阵容、11 次入选 NBA 最佳阵容、9 次入选 NBA 防守第一阵容。那 5 枚总冠军戒指，更是闪着耀眼的金辉。

这样睥睨天下的人，必然是自信到无以复加的程度。在一部科比的传记电影中，有人问他如果一场比赛 9 投 0 中他会怎样，科比的回答是："我宁可 30 投 0 中，也不会在意 9 投 0 中。你不能在心理上胆怯。"

他确实可能成为这个联盟历史上失球最多的选手——哈夫里塞克的纪录是 13417 次，科比正在接近。但哈夫里塞克也是一位伟大的球员。在投篮出手次数上，科比暂居贾巴尔和马龙之后。然而这些消极数据，无法掩盖 5 冠的辉煌，更无法压抑他一心成为篮球史上最伟大个体的动力。张伯伦的单场 100 分是永恒，科比单场 81 分同样是永恒。对多伦多猛龙那场 46 投 28 中的表现，作为一个外线球员，实在难能可贵。张伯伦当年是在一场一边倒的比赛中，队友在不断给他喂球。科比那一场，前三节比分仍然咬得很紧。

乔丹是他的偶像，也是他想要超越的对手。这种超越看来无法实现，几乎在每一个环节上，科比距离乔丹似乎都差那么一点点。他可能是史上排名第二的篮球得分后卫，可这样的头衔，骄傲的科比无法接受、不能面对。不知道这是否加速了他做出退役的决定。但在更长的一个时间区间，我们能见到的是科比在不断追赶乔丹这个早已退役的神话。一定程度上，他在和一个虚幻的影子作战。他战斗到了最后。

我不知道未来将如何定义科比，财富、名誉只怕都不是最重要的，冠军戒指数也不是最重要的，甚至没能完全比肩乔丹都不是最重要的。他干了太多事，他投入了几乎全部的时间、精力和热情。他的许多球场表现、场外言辞，都未必是符合篮球这项团队运动的——乔丹当年也是如此。而科比最令人感动的，是那种不放弃的刻苦精神、那种永不停顿的全心投入。

一段科比为阿迪达斯拍的广告片让我记忆尤深：他一个人在花园里用意大利语自白。我不记得自白的内容，却记住了他的孤独和坚定。一个人的职业生涯，数据积累到他这样的地步，已经是世界奇观，而眼神冰冷的科比，留给未来的，绝不仅是一串冰冷的数字。

平凡的日子与伟大的人生

俞敏洪

北大是改变了我一生的地方，是提升了我的地方，是使我从一个农村孩子最后走向世界的地方。毫不夸张地说，没有北大，肯定就没有我的今天。

我记得刚进北大的时候，我不会讲普通话。全班同学第一次开班会时，我站起来自我介绍了一番，结果我们的班长站起来对我说：“俞敏洪，你能不能不讲日语？”我后来用了整整一年时间，拿着收音机在北大的树林中模仿广播台的播音，但是到今天普通话依然讲得不好。

我记得自己在北大的时候很苦闷，一是因普通话不好；二是英语一塌糊涂，不会听也不会说，只会背语法和单词。我们班分班的时候，五十个同学分成三个班，因为我的英语考试分数不错，就被分到了 A 班，但是一个月后，我就被调到了 C 班。C 班叫作“语音、语调及听力障碍班”。

我也记得自己进北大以前连《红楼梦》都没有读过，所以看到同学们一本书一本书地读，我拼命地追赶。结果我在大学用了五年时间，读了差不多八百多本书，但是依然没有赶超我那些同学。我记得我的班长王强是一个书痴，现在他也在新东方，是新东方教育研究院的院长。他每次买书我就跟着他去，当时北大给我们每个月发二十多块钱生活费，王强有个癖好就是把生活费一分为二，一半用来买书，一半用来买饭菜票。他绝不动用买书的钱来买饭票，如果他没有饭菜票了就到处借，借不到就到处“偷”。后来我发现他这个习惯很好，我也把我的生活费一分为二，一半用来买书，一半用来买饭菜票，饭票用完了我就“偷”他的。

我记得我奋斗了整整两年，希望能在成绩上赶上我的同学。尽管有些人高考考得很好，是第一名，但是北大精英人才太多了，你的前后左右可能都是智商极高的同学，也是各个省的状元或者第二名。所以，在北大追赶同学是一个非常艰苦的过程。尽管我每天几乎都要比别的同学多学一两个小时，但是到了大学二年级结束的时候，我的成绩依然排在班内最后几名。我非常勤奋又非常郁闷，也没有女生来爱我、安慰我。这导致的结果是，我在大学三年级的时候得了一场重病，这个病叫作传染性浸润肺结核。当时我就晕了，因为当时我正在读《红楼梦》，正好读到林黛玉因为肺结核吐血而亡的那一章，我还以为我的生命将从此结束。后来北大医院的医生告诉我，现在这种病能够治好，但是需要在医院里住一年。我在医院里住了一年，苦闷了一年，读了很多书，也写了六百多首诗歌，可惜一首诗歌都没有发表过。从此以后我就跟写诗结了缘，虽然我这个人有丰富的情感，却没有优美的文笔，所以最终没能成为诗人。

我知道我的智商比不过我的同学，但是我有一种能力，就是持续不断的努力。所以在我们班的毕业典礼上我说了这么一段话，到现在我的同学还记得，我说：“大家都获得了优异的成绩，我是我们班的落后同学，但是我想让同学们放心，我决不放弃。你们五年干成的事情我干十年，你们十年干成的我干二十年，你们二十年干成的我干四十年。如果实在不行，我会保持心情愉快、身体健康，到八十岁以后把你们送走了我再走。”

有一个故事说，能够到达金字塔顶端的只有两种动物，一是雄鹰，靠自己的天赋和翅膀飞了上去。我们这儿有很多雄鹰式的人物，比如说我刚才提到的我的班长王强，他的模仿能力就是超群的，到任何一个地方，听任何一句话，听一遍模仿出来的绝对不会两样。所以他在北大广播站当了整整四年播音员。我每天听着他的声音咬牙切齿，心中充满仇恨。但是，大家也都知道，有另外一种动物，也到了金字塔的顶端，那就是蜗牛。我相信蜗牛绝对不会一帆风顺地爬上去，一定会掉下来，再爬，掉下来，再爬。但是，同学们所要知道的是，蜗牛只要爬到金字塔顶端，它眼中所看到的世界、它收获的成就，跟雄鹰是一模一样的。

我们这儿有从富裕家庭来的，也有从贫困家庭来的，生命的起点由不得自己选择，但是生命的终点是由自己选择的。我们所有在座的同学过去都走得很好，已经在十八岁的年龄走到了很多中国孩子的前面，但是这并不意味着你未来的路也能走好。就本人而言，我觉得只要有两样东西在心中，我们就能成就自己的人生。

第一样叫作理想。我从小就有一种感觉，希望穿越地平线走向远方，我把它叫作“穿越地平线的渴望”。正是这种强烈的渴望，使我有勇气不断地参加高考。当然，我生命中也有榜样，他的名字叫徐霞客。因为崇拜徐霞客，我在高考的时候地理成绩考了九十七分。也是徐霞客给我带来了穿越地平线的渴望，所以我下定决心，如果徐霞客走遍了中国，我就要走遍世界。

第二样东西叫作良心。什么叫良心呢？就是要做好事，要做对得起自己、对得起别人的事情，要有和别人分享的姿态，要有愿意为别人服务的精神。是不是有良心的人，会从你生活中做的具体的事情上体现出来，而且你所做的事情一定对你未来的生命产生影响。我来讲两个小故事。

第一个小故事。有一个企业家和我讲起他大学时候的一个故事，他们班有一个同学，家境比较富有，每个星期都会带六个苹果到学校来。宿舍里的同学以为是一人一个，结果他是自己一天吃一个。尽管苹果是他的，他不给，你也不能抢，但是从此给同学们留下一个印象，就是这个人太自私。后来这个企业家做成功了事情，而那个吃苹果的同学还没有取得成功，就希望加入到这个企业家的队伍里来。但大家一商量，说不能让他加盟，原因很简单，因为在大学的时候他从来没有体现过分享精神。所以，对同学们来说，在大学时代的第一个要点，你得跟同学们分享你所拥有的东西，感情、思想、财富，哪怕是一个苹果也可以分成六瓣大家一起吃。因为你要知道，这样做你将来能得到更多，你永远不会是白白付出的。

我再来讲一下我自己的故事。在北大当学生的时候，我一直比较具备为同学服务的精神。我这个人成绩一直不怎么样，但我从小就热爱劳动。到了北大以后我养成了一个良好的习惯，每天为宿舍打扫卫生，这一打扫就打扫了四年。所以我们宿舍从来没排过卫生值日表。另外，我每天都拎着宿舍的水壶去给同学打水，把它当作一种体育锻炼。大家看我打水习惯了，最后还产生这样一种情况，有的时候我忘了打水，同学就说："俞敏洪，怎么还不去打水？"我并不觉得打水是一件多么吃亏的事情，因为大家都是同学，互相帮助是理所当然的。同学们一定认为我这件事情白做了。又过了十年，到了 1995 年年底的时候，新东方做到了一定规模，我希望找合作者，就跑到美国和加拿大去寻找我的那些同学，他们在大学的时候都是我的榜样，包括刚才讲到的王强老师。我为了诱惑他们回来，还带了一大把美元，每天在美国非常大方地花钱，想让他们知道在中国也能赚钱。我想大概这样就能让他们回来。后来他们回来了，但是给了我一个十分意外的理由。他们说：“俞敏洪，我们回去是冲着你过去为我们打了四年水。我们知道，你有这样一种精神——你有饭吃肯定不会给我们粥喝，所以我们一起回中国，和你共同干新东方。”这样才有了新东方的今天。

人的一生是奋斗的一生，但是有的人一生过得很伟大，有的人一生过得很琐碎。如果我们有一个伟大的理想，有一颗善良的心，我们一定能把很多琐碎的日子堆砌起来，变成一个伟大的生命。但是如果你每天庸庸碌碌，没有理想，从此停止进步，那未来你一辈子的日子堆积起来将永远是一堆琐碎。所以，我希望所有的同学都能把自己每天平凡的日子堆砌成伟大的人生。

让一切变得更好

冯仑

去年年底，一位大哥对我说，他的好朋友 L 女士最近想上湖畔大学，希望我能帮忙推荐。

通常来说，被推荐到湖畔大学的学员都有非常出众的履历，比如：常青藤名校毕业，曾就职于世界顶尖企业，参与过很牛的项目，取得过一些创新性成就，等等。而 L 女士的简历只有半页纸，上面记录了她目前的投资情况，没有学历，也没有工作经历。

我打电话详细询问了湖畔大学招生处，了解到正是因为 L 女士的履历太平淡，没有任何过人之处，所以最终没有被录取。

后来，L 女士联系到我，再次表达了想去湖畔大学的愿望。

那天早上的阳光非常好，我迟到了几分钟，看到她坐在一面透亮的落地窗前等我。见面后我们寒暄了几句，她给我的第一感觉是从容，总是带着淡淡的微笑。

我好奇地问她：“你过去学的是什么专业？为什么会进入投资界？我记得你过去做的是实业，对吗？”

她说：“我过去是做女鞋贸易的，但是我没上过学，只有小学三年级的文化水平。”

我感觉到 L 女士的背后可能有一些与其他投资者不同的经历，这让我非常感兴趣。在我的要求下，她缓缓地向我讲述了她的故事。

“我的家乡在福建，过去乡下特别重男轻女，我有个哥哥，我一出生妈妈就非常嫌弃我，老想把我送出去。但是，一连五次我都没能被成功地送走，不是我生病，就是对方家里遇到了麻烦，又把我送回来了。这样一来，妈妈觉得我是扫把星，总是打我，哥哥也打我，那时我的身上几乎每天都有伤。

“我十二岁那年，妈妈把我扔到了千里之外的武汉，让我跟着一个亲戚学做生意。我那时候年纪小，会做的事情不多，亲戚就给了我一些鞋，让我摆地摊。我只上过三年学，但是特别喜欢看书，希望能多认识点儿字，就一边摆地摊维生，一边跟别人学认字。

“一晃十几年过去了，我的生意越来越好，赚了不少钱。我妈妈就命令我回家，把生意交给哥哥，她认为生意是男人做的，女孩儿子要嫁人，不能这么有钱。我没有反抗，把生意全部交给哥哥，只带了一两万块钱回到老家。回家后，妈妈又开始嫌弃我，虽然我那时候年纪挺大了，她还是坚持把我送到了一个亲戚家。

“到亲戚家后，我去一家女鞋厂打工，老板是香港人，他觉得我非常能干，说要给我一些股份奖励。于是我努力工作，认真研究客户的需求，按照客户的想法设计、生产、销售鞋子，业绩一路上涨。

“销售额提上去了，老板却突然翻了脸，他不承认我们之间有合伙关系，只给了我工资，就把我从工厂赶了出去。因为困惑，我沉寂了一段时间，去各地学习，不仅修习佛法、参加灵修课程，还接受类似内观的学习。

“在这个过程中，我突然醒悟，觉得人要懂得感恩。我要感谢我的香港老板，是他让我知道自己足以胜任女鞋产品的设计和管理；我要感谢我的妈妈，是她让我早早自立，因为她，我总会感恩生活，感谢别人对我的好；我也很感谢我哥哥，为了让他看得起我，我才那么认真、努力。

“我创办了自己的企业，生意到目前为止一直还算顺利，也赚了一些钱。现在，我开始思考应该怎么帮助更多的人做他们喜欢的事情。

“哥哥生意有困难的时候，妈妈总是打电话向我要钱，要多少我就给多少，从来不算账。哥哥开始很诧异，为什么以前他总打我，我还这么帮他，渐渐地，他被我感动了，现在我们成了朋友。虽然他的生意一直没有起色，只够糊口，但他仍然在武汉坚持着。

“我在做投资的时候，只问所有我要投资的人，你是不是真的想做这件事？是不是真的为客户着想？是不是真的想帮助使用这项产品和技术的人？你是不是真的希望你的行为能改变些什么？用一句话来概括：只要你诚心诚意地去做这件事，那我就投资。

“投资后，我不跟他们算细账，也没有所谓的对赌。而且我的投资非常简单，我只投第一轮，如果第二轮有人加入，我就退出来。我不去想上市之类复杂的事情，因为我也不懂。这样不知不觉做了五六年，大部分项目我都退出了，还都能赚到点儿钱，虽然不像人家那样赚几十倍、几百倍，赚个两三倍还是没问题的。

“有钱后，我帮村里铺马路，清理河道，修老房子，让村子增添了不少活力，老人们也都很开心。他们遇到困难跟我要钱，我也都给他们，我非常感谢他们，因为小时候不管妈妈把我赶到哪儿，总有人收留我。

“现在我有一个美满的家庭。我有一儿一女，我的先生是马来西亚人，每个月我都要去马来西亚看孩子，跟他们在一起我很开心。每当孩子们提出来要去哪里游玩、要吃什么的时候，我都会对他们说：‘没有人必须带你去玩儿、给你买这些好吃的，妈妈愿意，是因为我对你们有爱。所以你们要知道，你们得到的东西都是源于别人对你的爱。人家如果不给你，你们也不能抱怨。’因此在跟其他人打交道，或是别人给予了他们一点点帮助时，他们总是会很认真地跟别人说‘谢谢’。

“以前我带他们出去玩儿，他们总是跑来跑去，吃饭时把饭菜弄得满桌都是，或者乱丢碗筷，我也会跟他们讲：‘一定要记住，你到任何一个地方，如果别人为你提供了服务，你离开这个地方的时候，应该要让这个地方比你来之前更好，只有这样，别人才会欢迎你下次再来。’所以现在我的小孩儿每到一个地方，都会自觉地把玩过的玩具收拾好，把垃圾收拾好。

“我到任何地方，无论做什么样的生意，都只有一个目的，就是让一切变得比原来更好。”

L 女士讲到这里，停下来喝了口水，我又仔细地看了看她，她的脸上洋溢着满足的快乐，目光中充满了对爱的憧憬。我突然觉得她不像一个生意人，更像一个布道者。

MBA 教材里有很多讲大道理的案例，拥有出众的学历和资历是成为成功投资者的必要前提，而在 L 女士面前，这些都显得很多余。我认为，即使她不去湖畔大学也没关系，因为湖畔大学想要培养的就是她这样的人，从这个角度来说，她已经毕业了。